Reisen mit einem schläfrigen Coy

Meinen Weggefährten und Cica, meiner Ehefrau, gewidmet.

„Livet kann bare forstaas baklengs, men det maa leves forlengs." (S. Kierkegaard)

Wilfredo Lange

REISEN MIT EINEM SCHLÄFRIGEN COY

Eine autobiografische Roadstory für
Banausen und Intellektuelle

Bibliografische Information der Deutschen Nationalbibliothek: Die Deutsche Nationalbibliothek verzeichnet diese Publikation in der Deutschen Nationalbibliografie; detaillierte bibliografische Daten sind im Internet über dnb.dnb.de abrufbar.

© 2021 Wilfredo Lange - www.wilfredolange.de
Herstellung und Verlag: BoD – Books on Demand, Norderstedt

ISBN: 978-3-75268-415-5

Lektorat & Korrektorat: M. Walkenbach | www.diplomdoktor.de
Umschlaggestaltung: Ideenglanz | Design | www.ideenglanz.de
Coverfoto: mooremedia/Shutterstock.com

Inhalt

SCHULZEIT

Warwerort

Ein mickeriges, rotes Haus direkt hinter dem Deich, darin wohnten wir zwischen Schafen und Wassergräben und mit Stürmen, die nicht enden wollten. Und nebenan ein Bauernhof mit wackeligen Scheunen und Katen und ein Trecker, der einen jeden Morgen mit seinem Getuckere weckte.

Warum wir hier gelandet waren? Ich weiß es nicht mehr. Wahrscheinlich war so ein Witzbold der Verwaltung volltrunken gewesen, als er meinen Alten hierhergeschickt hatte, hierher, wo die Welt Dithmarschens zu Ende ist.

Wie der Flecken hieß? Unaussprechlich, Werüerorth oder so ähnlich. Der eine Teil davon soll, wenn man dem Chronisten glauben darf, bei der Weihnachtsflut vor dreihundert Jahren im Wasser versunken sein, aber den anderen Teil der Landzunge hatte das Meer eigens für uns freigelassen: für uns drei Kinder, meinen Vater, einen gemütlichen Friesen, und meine Mutter, eine muntere Berlinerin, die *Für Elise* und das Wolgalied auf dem Klavier spielen konnte.

- Warum, zum Teufel, gerade hier?, jammerte sie manchmal, wenn sie auf ihren hochhackigen Pumps durch den aufgeweichten Garten zu unserem Plumpsklo tippelte.

- Besser die Flut hätte damals kurzen Prozess gemacht und das ganze Land absaufen lassen!

- Dafür haben wir hier alles frisch, sagte der Alte, - Milch, Eier, Brot, Fleisch und vor allem Luft, das ist unbezahlbar, das sollten wir genießen.

Er hatte gut reden. Wenn ihm alles zu blöd wurde, zog er seine grüne Grenzschutzuniform an, holte die alte 350er DKW mit Handschaltung aus dem Schuppen und knatterte los zu seinen Kontrollfahrten: Unten an den Deichen entlang, immer weiter, bis hin zu einem der Köge, deren Namen ich vergessen habe.

Zur Schule hatte ich es weit. Bei gutem Wetter schaffte man es mit dem Rad in einer halben Stunde, wehte aber der Nordost von vorn, dann war es das Doppelte. Ab und zu fuhr mich mein Alter.

- Hock dich hinten drauf und halt dich an meinem Koppel fest!, sagte er dann, und schon ging es los, vorbei an den Wassergräben, die voll mit Grünalgen und Fadentang schnurgerade die Marschen durchschneiden, und an neugierig drein starrenden Rotbunten, und im Nu waren wir da, denn der Alte fuhr wie der Teufel, waghalsig wie der Todesfahrer auf dem Jahrmarkt unserer Kreisstadt.

Ja, er war schon ein toller Kerl in seiner Uniform und mit der mächtigen Wampe über dem Koppelschloss. Wenn er auf seinem Feuerstuhl angebraust kam, fuhren die Bauern mit ihren Heuwagen eilig zur Seite und einige zogen respektvoll ihre Mützen.

Er konnte zu jeder Tageszeit schlafen. Kam er morgens von seinen nächtlichen Grenzkontrollfahrten nach Hause, aß er seine vier Rundstücke mit Butter und Honig, trank einen Tee und legte sich hin und im selben Augenblick war er weg und begann zu sägen.

Meine Schulkameraden – ihre Väter waren allesamt Bauern, die tagsüber arbeiteten – wollten das nie glauben, dass der Alte noch am Mittag in der Koje lag und schlief.

- Kommt mit und seht ihn euch an, sagte ich, und so fuhren sie tatsächlich mit mir nach Haus, die ganze Meute, an einem schönen Sommertag, als die Heistern in den Knicks schrien und schweigsame Männer in den Gräben Reet schnitten. Alle mussten sich die Schuhe ausziehen und wir gingen nach oben und guckten, wie der Alte dalag, mit weit geöffnetem Mund und schnarchte und grunzte wie ein Walross. Seitdem war mein Ansehen bei den Jungs gestiegen.

Im Winter geschah es oft, dass er morgens nicht nach Hause kam. Meist lag er dann mit seinem Krad in einem Straßengraben, weil er bei Glatteis die Kurve nicht gekriegt hatte, und musste seine Maschine von einem Pferdegespann herausziehen lassen. Schließlich bekam er einen Beiwagen, aber der änderte nicht viel, denn nun mussten die Bauern auch den noch bergen.

Hatte der Alte ausgeschlafen, begann er, sich im Hause nützlich zu machen. Er installierte Lampen und Toilettenschüsseln, erneuerte Dachziegel, baute Uhren auseinander und stach Gänse ab. Außerdem hatte er viele Zaubertricks drauf: Ein silberner Fünfziger zwischen den Fingern der rechten Hand, etwas reiben über den Ärmel seines Uniformrocks, und weg war das Geldstück. Noch heute weiß ich nicht, wie er das angestellt hat.

Meine Mutter ließ ihn anfangs gewähren, wenn er sich

daheim nützlich machte, aber als sie der erste Stromschlag aus der Lampe traf, die Küche unter Wasser stand, weil er die Dichtung vergessen hatte, und das Karnickel noch beim Abziehen zuckte, musste sie seinen Schaffensdrang bremsen.

Da wurde er außer Haus aktiv. Reisebüro Nielsen aus der Kreisstadt organisierte Wattwanderungen hinüber zu den Halligen, barfuß und mit Blasmusik, und suchte händeringend einen einheimischen Führer, einen, der Bescheid wusste über die Gezeiten, die Strecke, das Wetter, die Priele und alles.

- Ich kann das machen, ich bin hier aufgewachsen hinter dem Deich und habe das hundertmal gemacht, sagte der Alte zu Nielsen, - ich bin Ihr Mann.

Und zum Beweis legte er seinen Motorradführerschein vor, ein Dokument, das damals Seltenheitswert besaß.

Er bekam den Job und an einem warmen Herbstmorgen zogen wir los. Der Himmel war blau, wie man ihn selten da oben erlebt, Seekrähen und Mohrenköpfe tippelten rastlos umher, Säbelschnäbler, Kampfläufer und Regenpfeifer suchten Würmer im Schlick und eine Trottellumme blickte hoch aufgerichtet in den Wind, der nach Salz und Jod roch.

Wir waren viele, vielleicht drei Dutzend — auch ein paar abgemagerte Köter waren dabei — und die Sonne meinte es gut mit uns allen. Die Männer hatten die Hosen bis zu den Waden hochgekrempelt, die Frauen ihre Röcke gerafft, während die Hunde aufgeregt kläfften und versuchten, sich gegenseitig in den Schwanz zu beißen.

Vorn stellte sich die Blaskapelle des Heimatvereins auf und ganz an der Spitze stand mein Alter.

Er trug einen dunkelblauen Trainingsanzug mit einer Hose, die immer wieder herunterrutschte, und eine schwarze Seglermütze. Als alles Volk beisammen war, schaute er auf die Uhr und rief mit befehlsgewohnter Stimme: - Auf geht's!

Und los ging es auf die Halligen zu, die unten am Horizont auf dem Grau des Watts schwammen. Die Kapelle spielte munter all die alten Sachen: *Wien bleibt Wien*, das Lied vom Hahnebierfest und die Ballade vom Herrn Pastor und seiner Kuh, kurz, alles wonach sich marschieren lässt. In gut zwei Stunden sollten wir drüben sein, aber schon bald – wir hatten vielleicht die Hälfte geschafft – kam Nebel auf. Ganz plötzlich und unerwartet war er da und webte alles in einen grauen, undurchdringlichen Schleier. Zuerst waren die Inseln verschwunden, dann der Leuchtturm, die Baken, und am Ende sahen wir bloß noch uns, und auch das nur noch sehr verschwommen.

Mir fiel auf, dass die Musik immer langsamer wurde mit ihrem Geblase und langsamer wurde auch unser Zug, bis alles plötzlich in schweigender Ratlosigkeit stand und den Alten erwartungsvoll anstarrte.

Die neue Situation verlangte eine rasche Entscheidung, und so setzte der Alte eine zuversichtliche Miene auf, schob die Mütze in den Nacken und sagte:

- Nur eine Nebelwand, alles kein Problem, gehen wir weiter, mir nach!

- Hest du denn ook een Kompass?, wollte Michelsen, der

Posaunist, wissen. Er war ein kleiner Dicker mit einem runden Gesicht, rosiger Haut und blondem Schnurrbart, Sie kennen diesen Menschenschlag.

- Wat bruuk ik'n Kompass?, fragte der Alte. - Wir gehen immer der Nase nach. Dahinten ist eine Sandbank und glieks die Hallig. Aber vorher solltet ihr mal was spielen, oder?

Wie ein Generalstabsoffizier wies er mit ausgestrecktem Arm in den Nebel hinein, aus dem ein schrilles Gekreische unsichtbarer Kirrmöwen zu hören war.

Und dann spielten sie wieder, mit weniger Begeisterung als zuvor und auch leiser, aber vielleicht war es auch der Nebel, der die Töne dämpfte. Als die ersten Kinder zu weinen begannen und die Hunde zu jaulen, standen wir wieder. Von wegen Nebelwand! Das war eine ausgewachsene Nebelglocke und die reichte mindestens bis nach Island. Mit einem Kompass würden wir jetzt schon in *De Botterbloom* auf der Hallig sitzen und heißen Nebelpunsch mit Kandis trinken. Aber so irrten wir umher wie ein Haufen Blinder, und wäre plötzlich der Kreidefelsen von Dover vor uns aufgetaucht: Warum nicht?

- Also, ich könnte schwören …

Der Alte versuchte vergeblich seine Ratlosigkeit zu verbergen. Er hielt die linke Hand ans Ohr und lauschte in den Nebel hinein, aber nun war sie absolut, die Stille, und auch die Möwen hatten aufgehört zu schreien.

Zugleich mit dem nassen Nebel war eine Kälte gekommen, die tief ins Mark drang.

- Ich glaube, ich hör schon die Flut, sagte der Posaunenmann und krempelte die Hosenbeine einen Schlag hinauf.

- Das ist ganz unmöglich, meinte der Alte, - wirklich, Sie können mir glauben. Doch niemand glaubte ihm, und jetzt schluchzten auch schon einige Frauen und pressten ihre Kinder an sich, das untrügliche Zeichen der nahenden Katastrophe. Der Alte schaute irgendwie kleinlaut und betreten zu Boden, aber dann fühlte er sich verpflichtet, was zu unternehmen. Er legte die Hände an den Mund und begann zu rufen: - Halloooooo, halloooooo!, so als wolle er das Echo im Wald ausprobieren.

- Mach mit!, rief er mir zu, und dann riefen wir um die Wette, bis wir merkten, es war sinnlos und lächerlich obendrein.

- Vielleicht hilft es ja, wenn ich blase, sagte schließlich Michelsen, der mit der Basstuba, und ich sah, wie seine Zähne klapperten, ob vor Angst oder Kälte: Wer weiß das noch.

Er spritzte das Mundstück aus, setzte sein Bombardon an die Lippen, blies die Backen auf und trompetete drauf los: wild, schrill und verzweifelt, so als wollte er den ganzen Spuk zum Teufel blasen. Ich habe nie gewusst, wie laut diese Dinger sein können, lauter als ein Nebelhorn.

Als er absetzte, war sein Kopf krebsrot und sein Zähneklappern hatte aufgehört. Und plötzlich hörten wir Schüsse, ganz in unserer Nähe. Es klang wie das Böllern einer Kanone.

- Das ist die Hallig!, rief mein Alter, und alles rannte los.

Bald sahen wir Fischerboote, die Fahrrinne, den Leuchtturm und die Kanone, aber es war nicht die Hallig, sondern der Nachbarhafen auf dem Festland, nicht weit von unserem Ausgangspunkt entfernt.

Seitdem hatte der Alte fürs Erste genug von der Wattführerei und das Reisebüro genug von ihm. Er tat dieses und jenes, hing zu Hause herum, steckte seine Nase in alles hinein und wartete auf besseres Wetter. Bei alledem war er übel gelaunt und nervös, stritt mit jedermann herum, so dass ich mich damals oft gefragt habe, ob ich ihn liebte.

Schwer zu sagen bei einem so mundfaulen Typen. Außerdem prügelte er mich manchmal, einmal sogar grundlos. Einmal, ich komme gerade aus der Schule nach Hause, ruft er mich zu sich.

- Wo ist die Pistole?, will er wissen.

- Welche Pistole?, frage ich ahnungslos, aber da habe ich schon eine sitzen, dass die Backe rot wird.

- Also, wo ist die Pistole?, fragt er noch einmal, und seine Stimme ist gefährlich leise.

- Welche Pistole?, antworte ich wieder treuherzig, denn ich weiß nicht, wovon er redet.

Da geht er wortlos zum Schrank, holt das braune Lederkoppel heraus und haut mir den Buckel voll, dass es kracht.

Später stellte sich heraus, dass das Ganze ein Irrtum war. Aber glauben Sie nur nicht, dass er sich entschuldigte.

Er war schon ein schlimmer friesischer Dickschädel, starrsinnig, störrisch und unbelehrbar.

In seiner Freizeit verlegte er sich jetzt auf Schwarzmarktgeschäfte in unserer Kreisstadt und handelte mit Zigaretten aus Norwegen, mit Eiern, die er organisiert hatte, Fahrradschläuchen, Pulswärmern aus Altbeständen und vielem anderen mehr. Manchmal durfte ich mitgehen und Schmiere stehen. Das war jedes Mal eine aufregende Geschichte.

Bei dieser Art von Geschäften trifft man ein seltsames Volk: einarmige Invaliden, Mütterchen mit Hauben und langen Röcken, kleine Huren ohne was drunter unterm Rock, breitbeinige Schiffer, den Ozean in den Augen, stiernackige Geestbauern, aber auch Gesindel und Gesocks von der übelsten Sorte.

Mit so einem, einem rotbärtigen Dänen, hatten wir uns eingelassen. Der Typ hatte uns zersägte Fahrradspeichen als Feuersteine angedreht und jetzt verstand er weder Deutsch noch Friesisch und wollte von der ganzen Sache nichts mehr wissen.

- Nimm deinen Mist zurück!, sagte der Alte, wobei er die Jackenärmel hochkrempelte und sich drohend vor dem Dänen aufstellte.

Für mich war er ein Herkules, besonders nach der Sache mit der Pistole, aber der Däne war wie Thor, der Donnerer, und er langte zu, so schnell, dass man es kaum wahrnahm. Mein Alter flog in den Sand neben der Kirchhofsmauer, verdrehte die Augen und spuckte zwei Zähne aus. Zu allem Überfluss setzte ihm der Däne auch noch den Fuß auf die Brust, es fehlte nur noch der Großwildfotograf.

Da lag er nun, der Alte, dreckig und gedemütigt, und starrte hinauf zu dem goldenen Wetterhahn auf der Turmspitze, während zwei Schwäne langsam mit klapperndem Flügelschlag vorüberzogen. Schließlich erhob er sich, klopfte sich den Staub von der Hose, hielt die Hand vor den blutenden Mund und trollte sich mit gesenktem Kopf. Ein Pferdegespann nahm uns mit.

- Ich konnte ihn erledigen, den Schweinehund, sagte er bitter, als wir hinten zusammenlagen, - aber er hat mich überrascht und als Erster zugeschlagen.

Offensichtlich fürchtete er, ich würde meine Bewunderung für ihn verlieren, und damit lag er richtig, denn für mich war eine Welt zusammengebrochen. Ein Herkules wie ein armseliger Kläffer in den Staub geworfen.

- Merk dir eins, sagte er, - immer als Erster zuschlagen, wenn es Zoff gibt, und mit aller Kraft, als wolltest du einen Ochsen umlegen. Wer vorher rangelt und schubst, hat schon verloren.

Ich schaute ihm in das angeschwollene Gesicht, sah seine aufgeplatzte Lippe, den blutverschmierten Schnurrbart und seine wasserblauen Augen, die Güte ausstrahlten, und zum ersten Mal begann ich so etwas wie Zuneigung zu spüren, wo ich ihn vorher nur bewundert hatte.

Er hatte sich merkwürdig verändert seit jener Schlägerei am Kirchhof. Er war ruhiger geworden und schlug mich nie wieder. Wenn wir zusammen über den Deich gingen, strich er mir manchmal über das Haar, nahm meine Hand und schaute mich nachdenklich an.

- Junge, sagte er einmal, - von mir hast du nix mitbekommen bisher, ich hab' mich nicht viel um dich gekümmert, aber das wird sich jetzt ändern.

Viele Worte, mehr, als ich von ihm gewohnt war. Ich verstand ihren Sinn nicht, doch ich spürte, dass sie für ihn existentiell waren.

Es war ein Winternachmittag, saukalt, und wir gingen spazieren, allein, Männer unter sich. Das hatten wir uns seit seiner Prügelei auf dem Marktplatz angewöhnt. Als wir am Dorfteich ankommen, ist große Aufregung. Alles rennt wie verrückt umher und schreit durcheinander: Lehrer Feddersen mit seinem Bernhardiner, der schwachsinnige Fiete Godbersen, Nissen, der Polizist, und eine Menge Frauen.

- Was ist los?, will der Alte wissen.

- Entsetzlich!, jammert eine der Frauen, - das Kind ist unter dem Eis.

Und dann sehen wir das große Loch inmitten der schneebedeckten Fläche. Nissen hantiert mit irgendwelchen Brettern, aber es ist sinnlos. Jeder sieht das.

- Ich mach das, sagt der Alte und zieht seinen Kutscherpelz aus, so als habe er auf diesen Tag gewartet.

- Nein!, rufe ich, - du brichst ein!

Aber da ist er schon los, liegt mit dem Bauch auf dem Eis und schiebt sich wie ein Seehund an das Loch heran.

Er steckt seinen Kopf in den Tümpel und hat was erspäht.

Er steigt in das Wasser, während es um ihn kracht und bricht, kommt an das Mädchen heran und schiebt einen leblosen Körper heraus.

Sie haben sie tatsächlich durchgebracht, die Kleine, Mund-zu-Mund-Beatmung, Herzmassage und diese Dinge. Aber der Alte hat einen Infarkt bekommen und zwischen Leben und Tod fast eine Woche auf der Intensivstation gelegen. Ich habe Nacht für Nacht an seinem Bett gesessen, seine große Hand gehalten, für ihn gebetet und immer wieder seine Stirn geküsst. Mein Gott, nie hätte ich gedacht, dass ich so viel Zärtlichkeit für ihn empfinden würde.

Friedrichstadt

Später sind wir nach Friedrichstadt verzogen, nach Klein Amsterdam, der Mennonitenstadt mit den schmalen Giebelhäusern am Marktplatz, den Grachten, den Flüssen und Deichen drumherum und den fünf Sprachen, wenn ich richtig gezählt habe: Holländisch, Deutsch, Dänisch, Friesisch und Niederdeutsch. Und dazu noch neun Religionsgemeinschaften. Ist das nix?

Vielleicht hatte der Alte die Absicht, Mennonit zu werden, wer weiß, und ich sollte im Kinderhort *Groote Garden* gute deutsche Lebensart lernen.

Nichts davon ist eingetroffen. Der Alte hat weiter mit den Lutheranern sympathisiert und ich habe mir von Lehrer Godbersen ein Paar ordentliche Ohrfeigen eingefangen, als ich beim *Fahne hoch-Lied* der SA laut und vernehmlich rülpste.

Die Einwohner der Stadt hießen meist Petersen: Hauke Petersen, Hein Petersen, Ole Petersen und so. Die Männer trugen Prinz-Heinrich-Mützen und sagten *Moin Moin*, mit Verdoppelung aber nur, wenn sie gesprächig waren. Sonst sagten sie schlicht *Moin,* und Linguisten streiten sich noch immer, was das bedeutet: eine verkürzte Form vom deutschen *Morgen* oder vom holländischen *Mooi*.

Und die Petersen-Frauen? Sie putzten ihre Wohnungen mit Hingabe, und wenn sie nicht putzten, saßen sie, hinter einer Gardine verborgen, am Spähspiegel des Straßenfensters, um das Treiben vor der Tür zu verfolgen: Wer hatte sich bei der Prügelei auf dem Jahrmarkt ein blaues

Auge geholt, und welche Sprüche hatte der schwachsinnige Fiete aus der Achterstadt heute drauf? Außerdem hatten sie unter Garantie Mutters Schwangerschaften mitbekommen und waren kaum überrascht, dass ich eine Schwester bekam und ein Jahr darauf noch eine.

Ansonsten kann ich wenig Aufregendes vermelden: keine Brand-, keine Hochwasserkatastrophe, kein Ritualmord oder dergleichen. Nur einmal soll bei Eiseskälte ein volltrunkener Petersen – an seinen Vornamen erinnere ich mich nicht mehr – splitterfasernackt und Pfeife rauchend durch die Straße *Achter de Kark* spaziert sein, und für mich wäre kurz darauf fast mein letztes Stündchen gekommen, als ich zusammen mit anderen Bengels eine der dicken Eisschollen auf der Gracht geentert hatte.

Zuerst war es lustig, aber dann trieben wir den Ostersielzug hinauf, schneller und immer schneller, und keiner fand eine Stelle, um an Land zu springen. Es wurde dunkel und saukalt und bald würden wir hinaus auf die offene Treene treiben, die um diese Zeit einsam und verlassen im fahlen Mondlicht dahinfloss.

Alle brüllten und schrien um Hilfe, was das Zeug hielt, aber da war keiner, der uns hörte. Am Ende – wir hatten schon alle Hoffnung aufgegeben – rettete uns eine Sandbank und Stunden später die Feuerwehr mit einem Motorboot.

Heide

Seitdem lag eine seltsame Ruhe über der Stadt, trügerisch und Zeichen einer heraufziehenden Katastrophe. Der Weltkrieg brach aus und ein Brief aus Kiel ordnete die Versetzung des Alten an. Dem Himmel sei Dank nicht an die Front, sondern nach Heide, einer Stadt, über die es nur zu berichten gibt, dass sie einen großen Marktplatz hat und einen Wasserturm. Außerdem liegt da die Erdölraffinerie *Klein Texas* gleich um die Ecke.

Zu fünft bezogen wir ein schäbiges Haus in *Lüttenheid*, schliefen bei Angriffen auf die Raffinerie im Luftschutzkeller und zuckten zusammen, wenn die Bomben einschlugen.

Irgendwann brachen die Fronten zusammen und plötzlich waren die anderen da: die Korbjuweits, Albruschats, Owczarczyks und wie sie alle hießen, unter ihnen unsere vier unbemannten Tantchen aus Schlesien, jede von ihnen mit einem Rucksack auf den Schultern und einem Knotenstock in der Hand. Sie fanden Quartier bei uns im Haus, schliefen auf Strohsäcken unter dem Dach und erzählten von ihrem Zusammentreffen mit sowjetischen Schlitzaugen-Soldaten während der Flucht.

- Mongolen, die sind gar nicht so schlimm, meinte der Alte, - wartet ab, wenn erst die Amis kommen, die schwarzen, meine ich, die mit dem Kaugummi zwischen den Zähnen und den sonderbaren Helmen auf dem Schädel.

Es waren andere, die erschienen: blonde, sommersprossige Briten, Tommies genannt, in offenen Jeeps und mit noch komischeren Helmen als ihre amerikanischen Kumpels. Sie konfiszierten, was sich konfiszieren ließ. Was blieb: viele Steine und wenig Brot.

Neun Menschen unter einem Dach, wie soll das gehen?

Wir verhungerten nicht, denn die Marschbauern waren großzügiger, als man glaubt. Mal gaben sie einen Sack Weizen, mal ein Huhn, mal ein Ochsenbein, und wenn sie nichts gaben, zog der Alte nachts über die Weiden und kam vor Tagesanbruch mit einem abgemurksten Hammel über der Schulter zurück.

Einmal hatte er sogar eine Kiste voller Orangen aus dem Meer gefischt, die von einem untergegangenen Frachter stammte. Orangen waren damals so selten wie Sternschnuppen an einem Tag im Mai, und nur aus Malbüchern wussten wir, wie sie aussahen.

- Erst Weihnachten mache ich die Kiste auf, sagte der Alte, - drei Wochen könnt ihr wohl noch warten.

So warteten wir, meine Schwestern und ich, zählten die Tage und schnupperten an der Kiste, die der Alte zur Sicherheit wieder zugenagelt hatte.

Und dann kam der Augenblick, als wir mit wässrigem Mund in das Kinderzimmer drängten, wo die Weihnachsteller vorbereitet waren: sechs Orangen für jeden von uns, sieben für den Alten. Wir sagten unser Gedicht herunter und stürzten uns auf den Teller.

Meine große Schwester war als Erste mit dem Abschälen fertig, weil sie ein Taschenmesser besaß.

Gierig riss sie eine Orange auseinander und schob sich eine Hälfte in den Mund.

Nie werde ich ihr Gesicht vergessen, den plötzlichen Wandel von freudiger Erregung zu grenzenloser Enttäuschung und tiefster Niedergeschlagenheit. Die Früchte waren von salzigem Seewasser getränkt und ungenießbar wie Stinkmorcheln. Wir probierten sie aus, eine nach der anderen, und alle wanderten auf den Kompost, wo sie noch lange liegenblieben, bis sie verrotteten.

Wie es weiterging? Es geht immer weiter, aber man muss sich bewegen. Mamá hatte sich schnell angepasst. Sie sagte jetzt *Moin, Moin* und andere niederdeutsche Snacks, suchte Kohlen am Bahndamm und Weizenähren auf den Feldern und gab Klavierstunden: *Gebet einer Jungfrau* und andere schöne Sachen, während der Alte weiter mit seiner DKW durch die Marschen fuhr.

Und ich, ich bestand die Aufnahmeprüfung zur Oberschule, hatte gute Noten und spielte Fußball – zwar nicht in der ersten Mannschaft wie erhofft, dafür aber auf dem größten Marktplatz Deutschlands.

Dann lernte ich Fex kennen, Ex-Flakhelfer, Ex-Pfadfinder und Mitbegründer der Deutschen Jungenschaft (DJ). Ihre romantischen Ideen schlugen mich in ihren Bann und ich wurde Jungenschaftler, ein Bündischer, wie er im Buche steht: nächtliche Lagerfeuer im Moor, Gitarrenspiel, Partisanenlieder und immer die Suche nach der *Blauen Blume*.

Die DJ veränderte mein Leben: Kein Fußball, kein Abhängen im Schwimmbad, kein süßer Samos aus der Flasche, keine Mädchengeschichten …, alles vorbei. Es blieben die Heimabende und die Proben für den alljährlichen Sängerwettstreit.

Im Dezember begannen unsere Vorbereitungen für die große Sommer-Trampfahrt in die Schweiz und nach Italien: Landkarten und Reiseführer studieren, Pässe und Visa besorgen und diese Dinge. Und dann ging es los: Hitchhiken in Zweiergruppen und Wettlauf Richtung Grenze.

Zwischenstation war Köln, die Stadt der Trümmerfelder und ausgebrannten Fabrikhallen, die Stadt der toten Augen, wie es hieß, und manchmal denke ich noch an den Einbeinigen auf dem Fahrrad, den Fuß an der Pedale festgebunden, an den blinden Greis mit der singenden Säge und seinen traurig schönen Liedern, an den fensterlosen Schlafsaal im Tiefbunker, die hundert Pritschen und den Geruch von Sagrotan und menschlichen Ausdünstungen.

Nach einigen Tagen waren wir bei Luzern angekommen und versammelten uns zu dem Fußmarsch durch die Voralpen. Es begann heftig zu regnen. Im Lagerraum eines Sägewerks warteten wir eine Woche lang auf besseres Wetter. Vergeblich. Grüezi Schwyz und deine Alpenrosen!

Daheim begann wieder die Schule mit einem neuen Klassenlehrer, einem kleinen, drahtigen Anglisten ohne Allüren und Anbiederung, nie betrunken, immer humorvoll, sehr engagiert und ohne Disziplinprobleme. Jede Stunde begann mit einem gemeinsamen Lied und dann lasen wir Oscar Wildes *Happy Prince* oder andere englische Märchen, wobei er mit unendlicher Geduld falsche Ausspra-che korrigierte. Ein großartiger Mann, bei dem ich viel gelernt habe!

Ganz spontan habe ich ihn letzte Woche angerufen. Es geht nichts über ein nettes Feedback, selbst wenn fast fünfzig Jahre vergangen sind.

Seine Telefonnummer: 0481 und noch ein paar Ziffern dahinter. Eine Dame am anderen Ende der Leitung mit tonloser Stimme: Der Herr Direktor sei verstorben, gera-de jetzt, vor drei Tagen.

Wieder einmal zu spät gekommen, das Drama meines Lebens!

An die anderen Lehrer erinnere ich mich nur schemen-haft: Altnazis, Typen mit Renommierschmissen in der Visage, Großschnauzen oder Langweiler ohne Format. Sie pflegten Ohrfeigen zu verteilen, die man noch Tage spürte, warfen mit Schlüsselbünden und schlugen schon mal auf der Straße rauchenden Pennälern die Kippe aus dem Mund.

Und die Mitschüler? Abgesehen von Sören, dem Dänen, und einigen Marschbauernsöhnen, waren sie Heimatver-triebene aus dem Osten, die kein Niederdeutsch sprachen und Hochdeutsch nur mit sonderbarem Akzent. Aber eigentlich interessierten sie mich nicht.

Ich hatte mit unserem neuen Löwe Opta-Radio die Musik entdeckt, genauer AFN, den amerikanischen Soldaten-sender, und damit Louis Armstrong, George Gershwin, Cole Porter, Irving Berlin, Harry James und all die ande-ren. So hörte ich den Sender, wann immer ich Zeit hatte, und weinte vor Rührung, als man für mich in der Wunschsendung Glenn Millers *Begin The Beguine* auflegte.

Mamá hatte für derlei *Negermusik* wenig Verständnis.

Sie wollte, dass ich Beethovens Mondscheinsonate spielte, aber nicht nur den ersten Satz, den spielt jedes Kind, sondern den dritten, das Presto Agitato mit den vielen schwarzen Tasten. Nach einem Jahr Üben klappte es, nicht perfekt und konzertsaaltauglich, doch man erkannte schon, dass es nicht die *Schöne Müllerin* war. Nebenbei versuchte ich etwas Jazz im Selbststudium, allerdings gab ich schnell auf. Ich brauchte einen Jazzlehrer, doch solche Leute suchte man in Dithmarschen vergeblich.

Lübeck

Eines Tages überraschten uns die Eltern mit der Idee, nach Lübeck umzuziehen, wo Verwandte wohnten. Lübeck, warum nicht? Groß und schön, an der Ostsee gelegen, Autobahnanschluss, Holstentor, drei Gymnasien mit Oberstufe, neue Freundschaften und mit Sicherheit auch ein paar Jazzer.

Also bestellten wir den Umzugswagen und zogen in die Hansestadt, nach Eichholz, direkt an der Zonengrenze.

Ich meldete mich auf dem Katharineum an, Sprachenklasse mit Englisch, Französisch, Latein sowie fakultativ Spanisch. Alles kein Problem, wenn man Sprachen mochte.

In den Schulferien verdiente ich Geld als Briefträger, ein guter Job, wie ich sogleich feststellte, denn zu meinem Bezirk gehörte die Hafengegend einschließlich Clemensstraße mit ihren vierzehn Bordellen und dreiundsiebzig Nutten. Deshalb wurde ich mit der Zeit ein gesuchter Gesprächspartner für meine Klassenkameraden.

Irgendwann begannen die Vorwerker Industriewerke *Vorindus* an der Untertrave Arbeitskräfte für ihre Holzimporte aus Finnland zu suchen. Gefragt waren Entlader, Stapler und Schäler. Alle drei Jobs waren hart, aber das Schwarten- oder Rindenschälen war das Härteste: Maschinenarbeit in achtstündigen Rollschichten, und wenn du am späten Nachmittag nach Hause kommst, sind deine Hände verkrampft, so dass du nicht den Fahrradlenker fassen kannst, und in der Nacht hörst du noch immer das schrille Dröhnen der Schälmaschinen und siehst den armen Pjotr vor dir, den polnischen Kumpel, dem die Walze den Arm abreißt. Solche Dinge vergisst du nie, die bleiben. Aber es gab gutes Geld, und damit bezahlte ich meinen Klavierunterricht bei Gottfried, dem Theater-Korrepetitor und Pianisten eines Bar-Trios, das am Wochenende im *Riverboat*, dem schwimmenden Jazztempel, spielte. Gottfried hatte alles drauf: Tanzmusik von Mackeben und Kreuder, Jazz von Brubeck, Tatum und Bill Evans, aber auch Klassisches von Liszt, Chopin oder Rachmaninoff.

In seinem Unterricht verzichtete er auf die gängigen Klavierschulen und Notenbüchlein, vielmehr zeigte er mir Harmoniestrukturen, Jazz-Akkorde und ihre Symbole. Symbole? Ja, meinte er, hier muss man Db7 13/-5 spielen, das bringt erst Farbe in *Autumn Leaves*. Und weil es gut klang, durfte ich mich hin und wieder auch mal im *Riverboat* versuchen: *In the Mood, Lullaby of Birdland, All the Things you are, Tea for Two*, Standards eben.

Offenbar gefiel es einigen, denn eine Frisörmeisterin aus Schlutup gewährte mir Obdach für eine Nacht.

Italien

Ansonsten lebte ich weiter mein Fernweh aus, träumte von Italien und büffelte Italienisch. Im Juli packte ich meinen Affen, rief Kumpel Eddi an und dann standen wir wieder an der Autobahn und winkten mit dem Daumen. Es lief gut in diesem Jahr und wir genossen es, unterwegs am Feldrand, in Heustadeln oder fremden Gärten zu übernachten.

Nach vier, fünf Tagen war Tirol erreicht und wir brachen auf zu einer Wanderung über den Brenner. Es war eine schöne Nacht: am Himmel Milchstraße, Großer Bär und Kollegen, um uns herum Myriaden von Glühwürmchen auf Partnersuche und tief unten die Lichter von Innsbruck. Wir wanderten schweigend und plötzlich erschien ein schwarzer Tatra aus dem Nichts, stoppte abrupt und nahm uns mit nach Sterzing zu einem Kapuzinerkloster, wo uns weißbärtige Mönche zum Nachtmahl einluden und zum Schlafen in einer Klosterzelle.

Alles in allem eine nette Trampfahrt, würde ich sagen: gutes Wetter, schöne Landschaften, billige Spaghetti in den Dorfschenken und Menschen mit viel Charme und Leichtigkeit.

Zum Beispiel in Mantua: Wegen eines Schauers hatten wir uns untergestellt und ein Radfahrer fuhr vorbei, langsam, gut gelaunt und mit aufgespanntem Regenschirm. Und unter dem Schirm, auf der Fahrradquerstange sein Mädchen, ein junges Ding mit schwarzem Haar und langem weißen Kleid elegant im Damensitz.

Bald waren sie in der Dunkelheit verschwunden.

Was mag aus ihnen geworden sein?

Drei denkwürdige Erlebnisse finden den Weg in mein Tagebuch:

Ein echt goldener Ring, hervorragend geschliffen und mit Brillanten besetzt, den mir ein Typ auf der Straße als angebliche Schmuggelware zum Sensationspreis von nur eintausend Lire (damals etwa 4,80 DM) verkauft hatte. Wegen der Taschendiebe hatte ich den Ring im Innern meiner Lederhose eingenäht und ihn erst zu Hause herausgeholt, aufgezogen und seinen hellen Glanz bewundert. Aber dann, nach nur wenigen Stunden die Enttäuschung meines Lebens, als der Ring mehr und mehr seine Farbe veränderte und grün wurde wie ein Augustapfel.

Die zweite Begebenheit war auf der Hafenpromenade in Neapel, wo uns ein kleiner Hosenpisser anquatschte.

Sorella, sagte er immer wieder, kniff dabei ein Auge zu und ließ sich partout nicht abschütteln. Was er wollte? Keine Ahnung, denn in Neapel sprechen sie Napolitano und das versteht man sonst nirgendwo auf der Welt, nicht einmal in Rom oder Palermo.

- *Sorella*, was mag er wollen?, fragte Eddi, - lass uns mal gucken!

Ich zuckte die Achseln und wir folgten dem Kleinen durch verwinkelte Gassen, wo er vor einem maroden Mietshaus stehenblieb.

- *Sorella*, wiederholte er, wobei er mit der Hand eine obszöne Bewegung machte.

Dann nahm er die Zigarette aus dem Mund und pfiff laut

durch die Zähne, bis auf dem Balkon ein Mädchen erschien: hübsch, nett, etwas schüchtern und nicht älter als vierzehn, wie ich schätzte. *Duemila* Lire sollte sie kosten, die Kleine, keine zehn DM mit allem Drum und Dran.

- *Duemila* Lire, wiederholte Eddi und wollte verhandeln, aber ich sagte: - Lass uns abhauen, Junge, bevor noch was passiert.

Und dass wir dann noch hinausgefunden haben aus dem Gassengewirr, das war schon ein kleines Wunder.

Das dritte Erlebnis war Rom, wohin bekanntlich alle Wege führen und das auch nicht an einem Tag erbaut wurde.

Klar, dass zum neuen Schuljahr die üblichen Arbeiten geschrieben wurden, und ein Thema war wie immer: *Mein schönstes Ferienerlebnis*. Im Allgemeinen langweilig und blöd, denn was kann man schon groß schreiben, wenn man einen Hühnerstall gebaut, einen Taschendieb verfolgt oder am Ostsee-Nacktstrand herumgelungert hat.

Hatte ich langweilig gesagt? Nicht für mich. Ich war durch die Hälfte des Kontinents getrampt und hatte Dinge gesehen, die andere nur aus dem Film kannten.

So schrieb ich über die Ewige Stadt Rom und ihr gigantisches Bauwerk *Monumento Nazionale* auf dem Kapitolshügel, das mich überwältigt und meine Seele berührt hatte.

Ich gab als letzter meine Blätter ab und hätte noch gern eine Stunde länger für meine Ausführungen gehabt, aber auch so würde meine Arbeit die beste sein, davon war ich überzeugt, denn niemand sonst von meinen Klassenkameraden hatte jemals die Alpen überquert, geschweige denn Rom besucht.

Gespannt wartete ich auf die Rückgabe am folgenden Montag. Eine Zwei plus oder eine glatte Eins würde es sein, alles andere war undenkbar. Meine Arbeit kam zum Schluss. Sie enthielt nur wenige Randbemerkungen, aber dann ein Votum, das mich umwarf: *Mangelhaft* wegen der vielen Banalitäten und Plattitüden, und am Ende der Zusatz: *Wer von Rom nur die Erinnerung an diese grässliche Schreibmaschine mitbringt, ist nie dagewesen.*

Dieser Schlag, brutal und ungerecht, traf mich unvorbereitet. Ich reklamierte, aber ohne Erfolg. Die Lehrer waren Drecksäcke und das Katharineum ein erbärmlicher Verein. Deshalb auf zu anderen Ufern!

In meiner Nachbarschaft wurde der Bundesgrenzschutz aufgebaut: neue Kasernen, Sportplätze, Turnhallen und nette Kameraden, wie man mir erzählt hatte. Also bewarb ich mich, musste in der Aufnahmeprüfung Handgranaten werfen, tausend Meter unter drei laufen und einen Aufsatz über ein Ferienerlebnis schreiben: Rom und sein *Monumento*.

- Hervorragend, Junge, begrüßte mich der Korrekturlehrer am nächsten Tag, - und herzlich willkommen in unserem Verein!

Ich bekam Stiefel, Mütze und eine feldgrüne Uniform, lernte Wache zu schieben und im Schlafsaal einer Kaserne zu schlafen. Alles nicht schlecht, muss ich sagen, aber doch nicht so ganz mein Ding, denn meine Mutter hatte eher an eine akademische als eine Muschkotenkarriere für ihren Sohn gedacht.

Außerdem gab es schließlich noch andere Gymnasien in

unserer Stadt als jenen Saftladen.

Recht hatte sie. Seltsam, dass ich nicht von selbst darauf gekommen war. Also Vorstellung beim Johanneum, der Konkurrenzschule, wo alles liebenswürdig und problemlos über die Bühne ging. Und weil auch dem Herrn Direktor das *Monumento* auf seiner Ferienreise recht gut gefallen hatte, nahm er mich auf in seine Unterprima. Ich schrieb gute Klausurarbeiten und das Abitur im Jahr darauf – ein Klacks, wenn man das so sagen darf.

Und die Soldatenkarriere?

Vielleicht wäre ich Hauptmann geworden oder sowas in der Art. Ich hätte geschossen und Panzer gefahren und statt *Summertime* das Lied von der schwarzbraunen Haselnuss gesungen. Ich hätte ein Mädchen aus dem Norden geheiratet und Südamerika wäre mir unbekannt geblieben wie das sibirische Kamtschatka. Kein Zweifel, so ließ sich auch leben, aber anders.

Frankreich

In meiner neuen Klasse fand ich bald einen neuen Kumpel, den sie aus unerfindlichen Gründen Coy nannten. Warum? Ich habe es nie erfahren und er selbst wusste es auch nicht. Wir hatten die gleichen Interessen: Im *Riverboat* abhängen, Teenys anmachen und Trampreisen unternehmen – eine exzellente Basis für eine Freundschaft.

Im Übrigen überließ er mir hin und wieder sein Paddelboot, und glauben Sie mir: Kein Mädchen sagte nein, wenn ich es dann zu einer Bootsfahrt auf der Wakenitz und anschließendem Nacktbaden im Schilf einlud. Außerdem, und das ist von großer Wichtigkeit für eine Freundschaftsbeziehung: Wir waren keine Konkurrenten. Er stand auf brünett, ich auf blond.

So konnten wir uns problemlos zu Beginn der Sommerferien auf die große Trampfahrt begeben, aber diesmal nicht über die Alpen und nach Italien, nein, Südfrankreich war geplant, danach Madrid und Andalusien und bei guter Laune vielleicht Nordafrika und Marokko.

À la bonne heure! Wozu hatten wir bei Fex die Marseillaise gelernt und das Lied der Roten Brigaden!

Saarbrücken, Metz und Paris: Es ging schneller als gedacht.

Cousin Jean Jacques war auch im Land und zeigte uns schon am ersten Tag, wie man in Paris Frauen aufreißt. Beeindruckend! Leider sind es am Ende nicht sehr viele geworden.

Ein Jahr drauf hat man ihn nach Algerien eingezogen und von dort ist er nicht mehr zurückgekommen.

Wir trampten weiter Richtung Süden und machten Freundschaft mit einem französischen Offizier. Er war in Dünkirchen dabei gewesen, aber das hielt ihn nicht davon ab, uns in sein Haus und zu seiner Familie einzuladen.

Vive la France! Ein nettes Volk, diese Franzmänner, da waren wir uns einig, und wir wurden frankophil, frankophiler als so mancher Provinzfranzos.

Zwei Tage später – in der Nähe von Limoges war das – überraschte uns ein mickeriger Typ mit Oberlippenbärtchen, als wir uns gerade in einem Park ein Nachtlager suchten.

- Im Park übernachten, seid ihr total verrückt, es wird regnen! Er schüttelte entsetzt den Kopf.

Nett, wie er war, lud er uns in eine Kneipe zu einem Schinkensandwich und Bier ein. Aber nicht nur das: Er bot uns auch einen Schlafplatz in einem ordentlichen Hotel gleich um die Ecke an, kostenlos, wie er versicherte.

- Warum denn nicht, gehen wir mit, dachte ich, und wir gingen mit ihm in das Hotel, nahmen den Lift und betraten das Zimmer. Es war geräumig und sauber, aber es hatte nur ein einziges Bett.

- Dann schlafen wir eben auf dem Teppich, sagte ich und wickelte meinen Schlafsack aus. Doch der Mickerige schüttelte den Kopf.

- Was soll der Quatsch?, sagte er.

- Das Bett ist riesig, Kingsize, da ist sogar Platz für Vier. Also rein in die Kiste und keine Angst:

Ich beweg mich nicht, ich schlafe wie ein Stein.

Das war vielleicht etwas übertrieben, denn irgendwann fühlte ich seine Hand auf meiner Hüfte. Kann passieren, dachte ich und schob die Hand weg. Aber sie kam wieder und wieder und wieder. Da endlich begann ich zu begreifen, allerdings etwas spät, denn ich war schon immer ein Spätmerker und daran hat sich bis heute nichts geändert.

Ich habe *Tantouse!* gerufen, ihm eine gescheuert, dass es klatschte und bin aus dem Bett gesprungen, während Coy sich die Augen rieb und seine Ruhe wollte, seine Ruhe, nichts mehr.

Und der Kerl hat sich die Wange gehalten, die Tür zum Flur aufgerissen und *Au Secours! Un Hold-Up!* in den Schacht gebrüllt, ziemlich laut.

So mussten wir schließlich doch noch im Park schlafen, nicht gut, weil es die ganze Nacht hindurch regnete. Und meine Frankophilie? Da war ich mir nicht mehr ganz so sicher. Fragen Sie mich noch einmal, wenn die Reise zu Ende ist.

Spanien

Wir gelangten ohne weitere Abenteuer nach Biarritz, wo man sich anschickte, den Nationalfeiertag vorzubereiten: Fahnen und Girlanden in der ganzen Stadt, Militärparaden, ein Show-Orchester mit einer süßen Sängerin an der Strandpromenade und hinter uns eine wild wogende Biscaya. Mädchen jeder Haarfarbe gab es auch zuhauf, aber nicht für uns. Muss wohl an unseren kurzen Krachledernen gelegen haben, wie ich es jetzt sehe.

Also auf nach Süden, der Weg war noch weit und führte über den Bahnhof von Bilbao.

Bahnhof? Sie haben recht gehört. Von jetzt an sollte es per Bahn weitergehen mit einem preiswerten *Kilométrico-Ticket*. Unter den Augen einer argwöhnisch blickenden *Guardia Civil* setzten wir uns in unser Abteil und machten die Bekanntschaft von zwei etwas grell geschminkten, dunkelhaarigen Mädels mit extrem langen Wimpern und Ohrringen.

Alemanes? Sie hatten noch nie einen *Alemán* gesehen und als ich *Estudiantes* sagte, war ihr Interesse geweckt. Die eine der beiden mit dem poetischen Namen *Marisol* war Bardame in der Madrider Kaschemme *El Cowboy*, die andere, ihr Name ist mir entfallen, machte mal dies, mal das, wie sie uns erklärte. Wir sprachen über die große Politik, ließen Franco und seine Männer hochleben und lernten den Text des Boleros *Maria Dolores,* die so schön war, dass sogar die Blumen sie beneideten.

Und so verging die Zeit wie im Flug. Aus dem Fenster

geglotzt, zwei Päckchen *Popular* geraucht, ein Dutzend Mal *Maria Dolores* gesummt, Adressen geschrieben, und schon waren wir in Madrid angekommen, *Estación Atocha*, wie ich mich erinnere.

Zuerst mussten wir unsere Unterkunft bei einer älteren Dame checken und anschließend begann Sightseeing wie geplant: die *Plaza Mayor*, die Großen Boulevards, die *Puerta del Sol* und all die Sachen, die der Reiseprospekt vorschlug. Ein Marmordenkmal wie das in Rom war nicht dabei, wir vermissten es auch nicht.

Am vierten Tag schließlich der Besuch bei der schönen *Marisol* mit den langen Ohrringen. Sie wohnte in einer Hinterhofkellerwohnung mit vielen Katzen und hatte uns nicht erwartet. Trotzdem ließ sie uns herein, bot uns *Manzanilla* aus einer großen Flasche an und schaute immer wieder auf die Uhr.

Nach einiger Zeit klopfte es und ein Kerl erschien: nett, seriös und freundlich. Er grüßte *hola!* und verschwand mit Marisol im Nebenzimmer.

- Ich glaube, wir sollten jetzt gehen, sagte Coy nach einiger Zeit und erhob sich, aber dann kam die Schöne noch mal, diesmal nackt.

- Hier ist noch was für euer Besuchsprogramm, meinte sie, und schenkte uns zwei Tickets für die große Stierkampfarena in Ventas.

Also noch ein Tag in Madrid. Warum nicht?

Die Spritzwagen entstaubten die Straßen, die Leute waren sympathisch, die Sonne schien und dunkel gekleidete ältere Damen wedelten mit ihren Fächern.

Die Corrida begann um achtzehn Uhr. Da war es noch heiß auf unseren Sonnensitzplätzen, aber uns gegenüber auf der schattigen Seite der Arena saßen Bürgermeister und Organisationspräsident mit ihren Gemahlinnen, alle gut zu erkennen durch das Fernglas meines Sitznachbarn.

Es begann mit dem bekannten Spektakel: Musikgruppen, Einzug der Toreros, Vorführung der Stiere, der Lanzen schwingenden *Picadores* und der gockelhaften *Matadores* mit ihren Degen.

Als *Gitanito,* der erste Stier, an Bauch und Rücken zu bluten begann, sind wir aufgestanden, um die Arena zu verlassen. Mein Sitznachbar schüttelte den Kopf.

- Warum geht ihr? Denkt an Hemingway: Das Beste kommt noch.

- Schwer zu ertragen das grausame Spiel und das viele Blut, sagte ich.

Im Übrigen: Wer war schon Hemingway? Ein großkotziger Angeber, Aufschneider und Feigling, der eine Handvoll passabler Storys geschrieben und sich selbst die Birne weggeschossen hatte, nicht ohne Grund übrigens.

- Verdammt, wenn Blicke töten können, meinte Coy, - hast du gesehen?

- Scheiß drauf, sagte ich. - Dabei fällt mir gerade ein, wie man *Matador* übersetzt. *Matador* heißt *Killer,* hast du das gewusst?

Das hatte er nicht.

So wanderten wir zurück durch die Parks, sahen diskutierende *Caballeros* unter runden, breitkrempigen Hüten, verschleierte Damen und zärtliche Liebespaare, aber irgendwie hatte die Stadt ihren Reiz verloren und es fiel nicht schwer, sie zu verlassen, um nach Sevilla abzureisen.

Die Bahnstrecke führte durch die *Montes de Toledo* und die *Sierra Nevada*, und am Abend erreichte der Zug den *Guadalquivir* und Sevilla mit seiner Stadtmauer und dem Goldenen Turm.

Bis dahin ging es prächtig. Wir standen auf, schüttelten die Beine aus und holten unsere Rucksäcke aus dem Gepäcknetz, und dann das Übliche: Passkontrolle durch einen böse blickenden *Teniente de la Guardia Civil*, die mit den flachen Lackhüten auf dem Kopf.

- Schon wieder!, jammerte Coy. - sie nerven ganz schön, diese Brüder. Und damit griff er in die Gesäßtasche seiner Jeans.

Noch heute sehe ich, wie seine leere Hand zurückkommt und seinen ungläubigen Gesichtsausdruck, so als wäre er einem Gespenst begegnet.

- Also, vorhin war sie noch da, die Brieftasche, da bin ich absolut sicher, sagte er, - jemand muss sie mir auf dem Gang geklaut haben und dazu mein *Kilométrico* und mein Geld.

Und er suchte weiter: in der Jackentasche, im Rucksack und im Gepäcknetz. Aber nichts, nur ein pornografisches Heft, ganz hinten unter dem Sitz versteckt. Nun ja, dem Offizier war es leid zu warten. Er murmelte was Unverständliches und ließ uns allein in einem heißen Wagon, der langsam in den staubigen Bahnhof von *San Bert* einrollte.

Wir stiegen aus und schauten uns um, aber da kam niemand angelaufen mit einer gefundenen Brieftasche in der Hand, niemand, das schwöre ich. Nur ein zwielichtiger Typ mit Schnurrbart wollte uns ein Hotel vermitteln, nicht weit, sauber und ruhig.

Sollten wir?

- Wer Pullman fährt, schläft nicht auf einer Parkbank, sagte Coy, - außerdem ein Spottpreis für den Laden, so billig haben wir das noch nie gehabt.

Das *Hostal* lag mitten in der Altstadt. Es hatte keinen Namen, dafür aber eine rote 13 als Hausnummer. Sein *Patio* war sauber, schattig und still, bis auf die leise maurisch andalusische Musik, die permanent aus dem Hausgrammophon rieselte und alte Zeiten wiederbrachte: Turban tragende Kalifen, keusche Haremsdamen, grüne Oasen und weiße Kamele.

In der Nacht weckten uns laute Stimmen und Flüche im Innenhof. Männer stritten mit der Hotelchefin um ein Mädchen und danach erschien halbnackt eine Lolita, rieb sich ihre Äuglein und verstand die Welt nicht mehr, aber Coy wollte wieder einmal seine Ruhe, seine verdammte Ruhe. Die fand er später in der Musik, als sich die Kamele niederlegten und die Haremsdamen ihren Tanz der Sieben Schleier begannen.

Am folgenden Morgen, wir brachen auf ins Zentrum, trafen wir Lolita wieder.

In einem durchsichtigen Kleid ging sie durch den Innenhof, pflückte Bergamotten von einem Bäumchen, entschuldigte sich für das nächtliche Spektakel und bat uns, ihr Zigaretten mitzubringen, am besten *Fortuna Red*.

Aber zuerst ging es zum Generalkonsulat wegen der Passgeschichte. Alles lief perfekt: Passfotos bei *Fotomatón* in zehn Minuten und ein Dreiwochenpass mit allem Drum und Dran in knapp zwei Stunden. Ein Bravo auf die deutsche Verwaltungsbürokratie, das sollte ihnen erst mal einer nachmachen!

- Wie konnte das nur passieren?, wollte Herr Braun, der Sekretär, wissen.

Und Coy erzählte unsere Geschichte, detailversessen, wie es seine Art war.

- Zweihundertfünfzig Mark, deine gesamte Reisekasse, das ist hart, sagte Herr Braun. - Leider gibt es keinen Fonds für solche Sachen, leider, leider!

Er wiegte den Kopf und plötzlich gab er sich einen Ruck, griff in seine Jackentasche und zauberte ein paar Scheine heraus, fünf schöne Fünfziger waren das.

- Hier nimm und schick mir das Geld, wenn du wieder daheim bist!

Halleluja, das war geschafft und Sevilla stand uns offen, aber nicht die Arena mit den schwarzgelockten, eitlen Fatzkes und den unglücklichen, gequälten Viechern. Ich meine die *Casa Bambú*, eine Tapas-Kneipe.

Sie hatte großartige *Finos, Manzanillas* und *Sherrys* aus dem Fass und wenn man zu viel getrunken hatte, ging man drei Schritte zur Wand und erleichterte sich in ein Loch am Fußboden, ein Loch, auf das ein roter Pfeil der guten Ordnung halber hinwies.

Wie oft wir dort an der Wand gestanden waren, ich weiß es nicht mehr. Ich weiß nur noch, dass irgendwann einmal ein netter Landsmann namens Ole da war und uns immer wieder volle Gläser hinstellte, die wir austranken, um nicht undankbar zu erscheinen.

Vielleicht würden wir noch heute dastehen und auf Francos, Adenauers oder Oles Gesundheit trinken, aber dann konnte ich nicht mehr und brach ziemlich genau unter dem roten Pfeil zusammen.

Gott sei Dank haben mich Coy und Ole wieder aufgerichtet, untergefasst und mit vereinten Kräften in das Haus Nummer 13 zurückgebracht. Ich habe lange geschlafen und geträumt und schätze seitdem die *Música Maura*, auch wenn sie manchmal etwas eintönig ist. Und dass die Lolita ihre Zigaretten kriegte, versteht sich von selbst.

Für den Nachmittag hatten wir uns wieder im *La Plaza* verabredet und ich nahm mir vor, diesmal ein besseres Bild abzugeben. Ole kam mit zwei Kumpels, einem uruguayischen Trompeter namens Ismael, und Ali, einem Lehrer aus Marrakech. Der trug ein weißes Tuch um den Kopf geschlungen: Zahnschmerzen. Immer wieder griff er sich an die Wange, stöhnte und jammerte vor sich hin, und das Einzige, was er sprach, war *mi Muela*, zu wenig für meinen Geschmack, auch wenn ich wusste, dass es *mein Backenzahn* bedeutete.

Ismael kümmerte sich hingebungsvoll um ihn, aber vergeblich: Mehr als ein erneutes *mi Muela* konnte er ihm nicht entlocken.

Schließlich schlug er vor, einige *Chicas* in der Nähe der Sternwarte zu besuchen, in der Hoffnung, dass sie den Armen auf andere Gedanken bringen würden.

Chicas zur Therapie bei Zahnschmerzen? Ich hatte meine Zweifel und eher an einen *Dentista* gedacht, aber was sollte es? Ismael war *íntimo Amigo* und das bedeutete Verpflichtungen. Deshalb rief er ein Taxi, wir quetschten uns hinein, wobei wir den Kranken in die Mitte nahmen, und im Nu waren wir bei dem Haus angekommen, wo es *Chicas* gab, dass man sich sattsehen konnte: Hellblonde, brünette, schwarzhaarige, wohlgeformte, junge, alte – für jeden war etwas dabei, und ich glaube, sogar der Heilige Vater in Rom hätte sich bei ihrem Anblick die Lippen geleckt.

Ole zahlte bei einer vornehmen Dame die Gage der Mädels, für uns alle wohlgemerkt, denn er hatte Geburtstag und wollte sich nicht lumpen lassen.

Und dann saßen wir an einem Fünfertisch, schlürften kalten Sherry und versuchten, die *Chicas*, die uns bedrängten, abzuwehren, denn keiner wollte den Anfang machen: Ole war angeblich so gut wie verheiratet, Ismael musste Eisstücke für Alis Backenzahn besorgen, Ali war eh zu nichts zu gebrauchen und Coy konnte sich einfach nicht entscheiden.

So lief alles auf mich zu: Ich hatte wieder einen klaren Kopf, zwei Schälchen *Tapas de Salame* intus und einen Sack frivoler Witze dabei, also prädestiniert als Vorreiter.

- Und ... hast du überhaupt schon mal? Ole musterte mich unverhohlen.

- Öfter, als du denkst, sagte ich, und da war ich schon oben auf dem Zimmer mit Leila, einer mageren *Mulata* aus Cádiz.

Ob es gut war, hat man mich später gefragt.

Gut? Ein Scheißdreck war das, wenn ich ehrlich bin, aber ich hatte mir wenigstens keine Krankheit geholt, sondern nur einige dieser juckenden Moosanterln, wie man in Wien sagt, eingefangen.

Und Coy? Er fühlte sich jetzt von mir herausgefordert und war der Nächste. Als er schon nach kurzer Zeit zurückkam, machte er ein verdrießliches Gesicht und wollte partout nicht reden.

- Na ja, dann sollten wir jetzt gehen, oder?

Ismael schaute umher und da keiner widersprach, stand er auf und wir gingen: gedankenverloren Coy und ich, Ali noch immer mit schmerzverzerrtem Gesicht und die anderen beiden – ich erinnere mich nicht mehr.

Wir blieben noch eine Nacht und tags darauf standen wir wieder mit unseren Rucksäcken an einer Autostraße. Adios Sevilla, lebe wohl Leila, Jasemin, Suleika, Lolita oder wie immer ihr auch heißt.

Später werde ich zurückdenken und eine Geschichte schreiben. Was, zum Kuckuck, mag aus dir geworden sein? Keine maurische Prinzessin, da bin ich sicher, aber vielleicht Hotelchefin von Nummer 13 und das wäre auch nicht zu verachten.

Wohin wir trampten? Egal, solange es nicht Richtung Hamburg war.

Wir winkten einfach, bis dann ein schwarzer Leichenwagen stoppte und uns in Granada absetzte, Granada, der Prächtigen, Geheimnisvollen und Verwunschenen, immer wieder besungen von den Tenören der Welt.

Was anschauen?

- Unbedingt die Alhambra, hatte der Bestatter gesagt, - soll sehr schön sein, aber ich selbst war noch nicht da.

Und so sind wir den Hügel hinauf und haben uns inmitten tausender Touristen die maurische Festung angeschaut, ihre Paläste, Türme und Zitadelle, und am heißen Nachmittag das Paradies gleich daneben: den *Generalife* mit seinen Zypressengärten, den plätschernden Brunnen, Wasserbecken und Fontänen.

- Beeindruckend, oder?, fragte ich Coy.

- Ganz nett, er nickte, - und ideal, um zu übernachten. Wir lassen uns einschließen und schlafen wie im Paradies.

Er hatte recht.

Und hätte uns nicht am nächsten Morgen ein flügelloser Erzengel in Gestalt eines betrunkenen Wächters aus diesem Paradies vertrieben, wir wären noch geblieben, das schwöre ich.

So trampten wir zurück nach Hause, über Valencia, die Schöne, Barcelona, die Großartige, das heiße Lyon und ein verregnetes Straßburg.

Skandinavien

J etzt war wieder Geldverdienen angesagt. Coy wurde Verkaufsfahrer in einer Lübecker Bäckerei und ich wusch Teller in Stockholm, in *Schumacher's Restaurant* genauer gesagt, und träumte von der skandinavischen Gastfreundschaft.

Was das war?

- Geh mal in einen Tanzschuppen, da wirst du schon sehen, hatte Kollege Luigi erzählt. - Du tanzt mit Britt oder Freja bis zum Saalschluss und du hast den letzten Bus zu deinem Hotel verpasst. Scheiß, denkst du, was soll ich tun? Wieder im Park auf der Bank schlafen? Aber Britt schüttelt den Kopf: Muss nicht sein, mein Lieber, hier herrscht schwedische Gastfreundschaft. Und sie lädt dich ein in ihr Elternhaus, da schlaft ihr in einem weichen Himmelbett und in der Früh erscheint ihre *Mor* und bringt Kaffee, süße Milch und Smörrebröd mit Honig.

Nette Aussichten, dachte ich, und so bin ich noch am selben Tag ins *Nalen* gegangen, habe mit einem Mauerblümchen namens Alex bis eins getanzt und über die Nordische Union diskutiert, und als ich zurück zur Jugendherberge kam, um einen Schlüssel zu organisieren, war die Tür verschlossen und Alex verschwunden.

So bin ich durch ein Fenster eingestiegen, aber jemand hat die Polizei gerufen und ich habe die Nacht in einer Zelle zugebracht. Und das Frühstück? Sprechen wir nicht davon. Nein, Stockholm wurde eine Enttäuschung, schon wegen des Sturms und Regens. Also ab nach Norden!

Da sollte es besser sein. In Trondheim fand ich ein Shell-Versorgungsschiff nach Narvik. Ich logierte in der Krankenkabine, speiste mit am Offizierstisch und hatte eine fantastische Seereise.

- *Wish you a good hitchhiking back to Germany!*, sagte Captain Reinertsen am Ende und klopfte mir auf die Schulter.

Seine guten Wünsche in Ehren, aber sie haben sich nicht erfüllt, nicht einen einzigen Tag. Es hat permanent in Strömen geregnet und manchmal habe ich stundenlang auf einen *Lift* gewartet.

Am Ende hat aber dann doch eine schwarze Limousine angehalten, ein Saab mit norwegischer Nummer. Mit dem Fahrer, einem älteren Herrn, hatte ich eine nette Unterhaltung über das Wetter: auf Englisch, denn mein Skandinavisch ließ noch zu wünschen übrig.

- *And where do you live, where are you from?*, wollte der Mann nach einiger Zeit wissen.

- *Lübeck, that's near Hamburg,* antwortete ich, - *I'm German.*

- *German, really German?*

Und als ich nickte, stoppte er abrupt den Wagen und komplimentierte mich hinaus in das Unwetter.

- *Goddamn Germans!,* hat er noch gerufen oder so ähnlich. Heute hätte er *fucking Nazis!* gesagt und das ist auch nicht wesentlich netter.

Da stand ich nun irgendwo in der Tundra, ohne Baum, ohne Unterstand und ohne Menschenliebe, und beschloss, meine Reise als Schweizer Staatsbürger fortzusetzen, denn die Eidgenossen sind seit Ewigkeiten ein friedliches Volk und laufen nicht Gefahr, in die Nazi-Ecke gedrängt zu werden.

In einem Andenkenshop kaufte ich eine rot-weiße Schweizerfahne, band sie auf meinen Affen und siehe da: Schon bald hielt ein Auto an, aber diesmal war es kein Saab, sondern eines von diesen Isetta-Autos ohne Seitentür, wo der Einstieg vorne hinter dem Lenkrad ist.

Der Fahrer, ein freundlicher junger Mann, begrüßte mich wie einen Bruder, aber in einem mir unbekannten Idiom, das wohl Schwyzerdütsch aus Bern oder Zürich war, und es fehlte nicht viel und er hätte mich umarmt. Eine oberpeinliche Situation, denn das Schweizer Wappen ist identitätsstiftend und sakrosankt, und wer es missbraucht, riskiert die Todesstrafe, wenn nichts Schlimmeres.

So flunkerte ich drauf los: Deutscher Diplomatensohn, wohnhaft in Zürich, meiner eigentlichen Heimat.

Ob er mir glaubte? Wahrscheinlich nicht, aber Gott sei Dank griff er auch nicht nach Pfeil und Armbrust, sondern rettete mich vor Blitz und Donner draußen im *Fjäll*, und das ist, was am Ende zählt.

STUDIENZEIT

Hamburg

So, und jetzt?, fragte mein Alter, als ich wieder zu Hause war.

- Keine Ahnung, ich zuckte wieder einmal die Achseln. Christliche Seefahrt, Post, Grenzschutz? War alles nichts. Was blieb, war ein Studium, und zwar der Juristerei aus reiner Verlegenheit. Da geht es um Mord, Zuchthaus und Galgen, kurz um die erhabene Gerechtigkeit.

Davor stand ein verrückter Mannbarkeitsritus.

- Wenn du studieren willst, dann immer in einer Verbindung, das ist das Beste, sagte Dr. Meier, mein Zahnarzt, der mit den zwei Schmissen im Gesicht. - Du wohnst gratis auf dem Haus, hast Kumpels, feierst mit uns Feste, und wenn du Glück hast, kannst du die Tochter eines alten Herrn flachlegen.

Das klang vielversprechend und so starteten wir eines Tages, dunkler Anzug und Krawatte, im Auto nach Kiel, um auf dem Corpshaus die Sommerkneipe zu zelebrieren.

Es war der übliche Bierkomment: Frischlinge und Burschen im Salonwichs, läppische, gekünstelte Reden über ..., ich erinnere mich nicht mehr, Unmengen Bier, das Glas auf Kommando in einem Zug leeren, dann gemeinsam einen Salamander reiben und den Becher schließlich deutlich hörbar zurücksetzen. Ich habe alles brav mitgemacht, so gut es ging, und musste viermal das Pissoir aufsuchen. Am Ende war ich so betrunken, dass mich zwei Füchse schleppen mussten.

Soll ich noch erzählen, dass ich auf der Rückfahrt nach Lübeck Dr. Meiers Auto von oben bis unten vollgekotzt habe, den schönen neuen Mercedes Benz 300, den ersten zwischen Elbe und Schlei?

Erzähl ich besser nicht. Lieber, dass ich Weintrinker wurde, dass ich forthin Corps und Burschenschaften aus dem Weg ging und für meinen Studieneinstieg Hamburg statt Kiel wählte.

Auch nicht schlecht: Ich konnte zu Hause in Lübeck wohnen und morgens bequem mit der Bahn hinüberfahren. Außerdem ist es lustig, wenn man sich mit den Kumpels auf dem Bahnsteig trifft, Sperlinge und Tauben mit Brotstücken füttert, später im Nichtraucherabteil Eckstein-Zigaretten pafft und eine Runde Skat spielt.

Auch gab es in Hamburg immer wieder Jobs bei der studentischen Jobvermittlung: Schiffe entladen, Eis im Rothenbaum-Stadion verkaufen oder Sandwichman spielen.

Viel habe ich in meinem ersten Semester nicht gelernt. Weil es keine Beratung gab, habe ich amerikanisches Case-Law, Römisches und altgermanisches Recht nebeneinander gehört, alles mitgeschrieben, aber nichts verstanden, ehrlich.

Gleichwohl sind mir zwei Juristen aus alten Zeiten in Erinnerung geblieben. Nicht wegen ihrer Schriften, die kannte ich nicht, nein, wegen ihrer Namen.

Bei dem ersten, Justus Möser, pflegten die Studenten albern zu grinsen und irgendetwas zu tuscheln.

Der zweite hieß Romeo Maurenbrecher.

Maurenbrecher, das klang rätselhaft und erinnerte mich an Granada und die Reconquista, womit sich der andalusische Kreis schloss.

Später habe ich herausgefunden, dass der Name wenig mit den muslimischen *Mauren*, aber viel mit *Mauern* brechenden Kriegern zu tun hat.

Wien

Also eigentlich für'n Arsch das ganze Einstiegssemester, und so sagte ich der Großen Freiheit ade und seilte mich ab nach …, nach Wien. Weshalb, zum Teufel, gerade Wien? Das habe ich mich oft gefragt und andere fragten es mich auch. Vielleicht war es der Jazzer Fatty George, vielleicht der Film *Der Dritte Mann*, der Wiener Wald oder das Wienerlied, vielleicht, vielleicht – ich kann es nicht sagen.

Egal, ein Küsschen für meine Eltern und Schwestern und ab im Nachtzug nach Wien, Westbahnhof.

Über die ersten Tage gab es wenig Spektakuläres zu berichten. Die Stadt war schön, das Wetter gut, die Leute freundlich, der Wein hervorragend und bunte Herbstblätter wirbelten durch die Parkanlagen. Ich übernachtete in der Jugendherberge und hatte schon am zweiten Tag durch das Studentenbüro eine Zweizimmerwohnung bei Hofrat Ottokar Oczipka und seiner liebreizenden Tochter Lilo, einer Kunstmalerin, gefunden.

Nach einer Woche kam auch Coy nach. Er brachte einen Ex-Klassenkameraden mit und wir konnten die Dreier-WG komplett machen.

Das Wiener Jus-Studium auch hier eine Ernüchterung. In Österreich gab es andere Gesetzbücher als *im Reich*, Gesetzbücher, die mich ebenso wenig reizten wie das Zitherspiel des Anton Karas.

Später lernte ich in der Mensa einen dänischen Prof kennen, der mich sogleich faszinierte: Vagn Börge, Philosoph, Linguist und Theaterwissenschaftler von hohen Graden, korpulent, vollbärtig, urig, laut und direkt. Alle seine Vorlesungen habe ich besucht: Interskandinavisch, Andersens Prinzessin auf der Erbse, Kierkegaards Ethik, Theatergeschichte, Dramaturgie und diese Dinge, und wäre da ein Seminar für dänisches Rückwärtslesen gewesen: Ich bin sicher, ich hätte mitgemacht.

Börge lud seine Studenten manchmal zu sich ein und dabei traf ich neue Leute: Seine blonde Tochter Kristina, eine Schönheit wie von Andersen beschrieben, und Oran aus Israel, einen schachverrückten Typen. Der spielte Schach gegen sich selbst, doch Zylinderschach, eine ungemein schwierige Variante.

Anschließend ging er ins Café Kafka im 6. Bezirk, wo klassisch gespielt wurde, aber immer um Geld. Oran machte seine Einsätze, zog und sprang mit den Figuren, und am Ende trug er immer einen hübschen Gewinn mit nach Hause. Den brauchte er auch für seine teuren Flittchen und seine große Klarinettensammlung.

Was mich anbelangte, so hatte ich mit Schach nicht viel am Hut. Mich interessierten die Stadt, die Parks, Bauwerke, der Zentralfriedhof und die Mariahilfer Straße mit ihren Geschäften. In einem Radioladen präsentierten sie die neuen Modelle von Fernsehern und ich sah mit eigenen Augen, was Oran schon tags zuvor in seinem sonderbaren Deutsch berichtet hatte: Revolution und Freiheitskampf in Ungarn, sowjetische Panzer in Budapest, Molotow-Cocktails, Bomben und Maschinengewehrfeuer und einen jungen Burschen auf dem Parlamentsdach, der den Roten Stern herunterriss.

Viele Aufständische waren über die Grenze geflüchtet, irrten mit müden Gesichtern durch die Straßen Wiens und warteten auf die Einrichtung des Auffanglagers. Da war studentische Mithilfe gefragt.

Und so bin ich zusammen mit Coy und anderen Kumpels in einem Bus nach Traiskirchen gefahren, habe geschleppt, gehobelt, gebohrt und gebastelt und wurde magyarisiert, wenn man das so sagen darf. Ist vielleicht übertrieben, dieser Ausdruck, aber ich sah Magyaren, hörte und fühlte magyarisch und mich überkam eine Ahnung: Es würde mich nicht mehr loslassen, das rätselhafte Reitervolk aus der Steppe. So ist es auch gekommen.

Süditalien, Sizilien

Es kamen die Weihnachtsferien. Coy wollte seine Mutter in Lübeck wiedersehen, aber ich wollte Sizilien kennenlernen, die Insel der Götter ganz unten am Ende der (geplanten) *Autostrada del Sole* und eine göttliche Verheißung für jeden Tramper.

Ein netter Fleischhauer nahm mich in seinem Lieferwagen mit nach Villach und am nächsten Morgen stand ich an der Autostraße Richtung Italien.

Die Luft war eisig und der Schnee gefroren, und hätte mich nicht über kurz oder lang ein Lastwagen mitgenommen: Ich wäre zähneklappernd über den Jordan gegangen oder über die Drau, wie der Jordan hier heißt.

Im Fahrerhaus zwei nette Burschen, Ugo und Carlo, mit einer Ladung Gerste für *Birra Peroni* in Rom. Rom? Ja, Sie haben richtig gehört, die Männer wollten nach Rom, sechshundert Kilometer und mehr und freuten sich über die Abwechslung.

Ein Rasthof bei Arezzo wurde unser Nachtstopp. Für Ugo und Carlo kein Problem dank der bequemen Schlafkojen hinter den Sitzen. Aber ich?

- Du schläfst auf dem Boden, das geht auch, sagte Ugo, - aber Vorsicht, wenn du dich umdrehst.

Was das bedeuten sollte, verstand ich erst später.

Die beiden hatten im Rasthof ein Mädchen aufgelesen, mit dem sie sich oben in der Koje vergnügten.

Daran konnte man sich mit der Zeit gewöhnen, aber irgendwann begann meine linke Schulter zu schmerzen, ich musste mich umdrehen, wohl oder übel, und stieß mit der rechten gegen die Fußhupe, will sagen das Doppelhorn, dessen greller Ton problemlos jeden Schützenpanzer vor einem in den Straßengraben bläst.

Schrecken, Aufregung und Flüche über mir, Schimpfworte und Verwünschungen draußen bei den anderen Lastwagen und dazu zwei laut kläffende Hunde, die sich nicht beruhigen ließen.

- *Scusate, scusate!* habe ich immer wieder gerufen, aber Ugo und Carlo waren echt sauer, weil ich ihr nächtliches Liebesspiel gestört hatte. Gott sei Dank konnte ich sie mit Fex' Partisanenlied der *Brigate Rosse* besänftigen.

Am Abend erreichten wir die Brauerei, in einem Außenbezirk Roms gelegen. Ziemlich verlassen lag sie da in der Dunkelheit, nur ein beleibter Pförtner und ein mickeriger Nachtwächter spielten Karten. Auch hier freundliche Aufnahme und bald politische Diskussionen. *Partigiani* waren sie einmal gewesen und *Combattenti antifasciste,* wie alle Italiener.

- *Anche io*, sagte ich und zeigte mit dem Finger auf meine Brust, und als sie ungläubig dreinschauten, sang ich *Bella Ciao*, das alte Partisanenlied und durfte zum Dank auf einer Couch in der Pförtnerloge übernachten.

Tags drauf – ich stand an der *Autostrada Meridionale* – regnete es, aber diesmal in Strömen, und niemand wollte bei dem Sauwetter anhalten, egal, welche Verrenkungen ich anstellte.

Schließlich stoppte doch ein Auto, ein alter Fiat war das, und nahm mich mit.

Der Fahrer, etwas älter als ich, war alkoholisiert, wie man in Wien sagen würde, und sein Beifahrer beduselt.

Aussteigen? Dafür war es jetzt zu spät, aber auch zu nass und zu windig. So fügte ich mich in mein Schicksal und betete insgeheim, dass wir bald ankommen würden. Doch daran war nicht zu denken, denn die beiden wollten nicht in das nächste Dorf, auch nicht nach Neapel, sondern nach Cosenza, wo sie wohnten.

Cosenza, die Stadt am Busento – ich rechnete und kam auf fast siebenhundert Kilometer, mehr als jeder Lift, den ich in letzter Zeit gehabt hatte. Siebenhundert Kilometer mit diesen beiden Typen: Es würde ein Horrortrip werden, da war ich sicher.

Und in der Tat: Sie fuhren wie die Teufel, mal der eine, mal der andere, schnitten und überholten in den Kurven, hupten und drängelten unentwegt.

Sogar in Neapel, aber da fiel es nicht so auf, denn Neapolitaner tragen das Rennfahrergen in sich und sind im Grunde ihrer Seelen verkappte Formel 1-Fahrer.

Kurz vor Cosenza zwei junge Schlampen an der Straße unter einem Regenschirm. Als sie uns kommen sahen, winkten sie, hoben die Röcke und zeigten, was darunter war, nämlich nichts, überhaupt nichts, ich schwöre es.

Klar, dass wir anhielten und sie einsteigen ließen, alle beide, und dann saßen wir eng aneinandergeschmiegt in dem Wagen und redeten alle durcheinander.

Ob sie Geld verdienen wollten, fragte der Fahrer, und die beiden meinten: *Naturalmente*, möglichst viel.

- Benissimo!, sagte der Fahrer und fuhr in großer Eile Geschäfte, Kneipen, Metzger, Frisöre und Bäckereien der Vorstadt ab, sprach mit den Männern und organisierte Dates mit unseren Flittchen.

Und dann stand er Punkt neun in der Eingangstür der verlassenen Chemiefabrik und kassierte: zweitausend von seinen Freunden, zweitausendfünfhundert von den Externen und am Ende wurde christlich geteilt.

Mir selbst machte er auch ein Angebot, kostenfrei, weil ich sein Gast war, aber ich habe abgewinkt und den Kopf geschüttelt, denn es war wieder einmal nicht mein Tag – Umstände bedingt, wie man so sagt.

Tags drauf noch immer Regen, hartnäckig und kalt, aber bald würde ich auf Sizilien sein, der Insel der Götter und der Sonne. Ich hatte mir einen Umhang aus Plastik besorgt, stand an der Straße und winkte, aber ich wusste: Bei Regen würde es schwer werden, das war das Gesetz der Straße, da findest du eher Kolibris und Sonnenblumen auf Sachalin, wenn diese Metapher erlaubt ist.

Aber Gesetze werden gebrochen, denn plötzlich stoppte ein großer Alfa Romeo nach heftigem Bremsen direkt vor mir. Drinnen ein mit Maßanzug und Seidenkrawatte gekleideter *Padrone*, der mich an Errol Flynn erinnerte.

Er kurbelte sein Fenster herunter, hörte sich meinen Sermon an, überlegte und nickte schließlich.

Ich hinein in den Wagen, und zwar auf den Hintersitz, wo ich es mir mit meinem Rucksack gemütlich machte.

- Sehr nett von Ihnen, oder sowas in der Art, muss ich wohl gesagt haben und dass ich aus *Germania* käme, um die Insel der Sonne zu besuchen, mein Standardsatz, schön artikuliert und mit rollendem R, woraufhin der Mann wieder nickte, ohne ein Wort zu sagen.

Ich versuchte es noch mit meiner Studentenstory, der *Giourisprudenza* und diesen Dingen, aber ich konnte ihm keine Reaktion entlocken, meinem Wohltäter. War er stumm, fragte ich mich die ganze Zeit, oder spleenig oder mundfaul oder ein schweigender *Mafioso?*

Auch die Fähre brachte keine Auflösung. Errol sagte kein Wort, sondern hob nur lässig zwei Finger der rechten Hand, was zwei Überfahrten und zwei Abendessen bedeutete, die er selbstredend bezahlte.

In Messina trennten sich unsere Wege und ich sagte: - *Gracie tante* und *arrividerci,* denn das ist so üblich in Italien beim Abschied. Und der Mann drehte sich um, schaute mich an, nickte wieder und antwortete:

- *Ciao!,* laut und deutlich, das habe ich genau gehört.

Messina – eine großartige Stadt, wie die Prospekte sagten. Das musste in einem anderen Jahrtausend gewesen sein, in einem Jahr des ewigen Frühlings.

Und die Braut von Messina, von der Schiller schreibt? Erfunden und gelogen! In Messina gibt es keine Bräute, und wenn doch, haben sie sich versteckt, weil Regen, Sturm und Kälte ihnen auf den Senkel gingen. Mir übrigens auch. Ich wanderte allein durch die Straßen, sah Tannenbäume in Schaufenstern und stellte fest, dass Heiligabend war, der vierundzwanzigste Dezember.

Gern hätte ich gefeiert, in einem warmen Raum, mit rotem Wein, netten Leuten und vielleicht in einer sizilischen Jugendherberge, die all das versprach.

Leere Versprechungen! Die Herberge war, wie der Aushang sagte, über die Weihnachtstage geschlossen, doch für Rückfragen gab es eine Adresse auf der anderen Straßenseite. Ich klingelte, ein kleiner Mann im Unterhemd öffnete, hob bedauernd die Hände und schüttelte den Kopf: - *Clausurato l'albergo!*

Dann aber hatte er den Einfall seines Lebens. Er griff in seine Tasche und gab mir den Schlüssel für das gesamte Etablissement: sechs Schlafräume, zwölf Duschen und zwei Dutzend weiche Wolldecken vom Besten. Drei davon habe ich genommen und in Morpheus' Armen gelegen und geträumt, während es draußen wie aus Kübeln goss.

Kurz nach Mitternacht hat es an meiner Fensterscheibe geklopft, ganz laut und hartnäckig. Ich habe die Tür geöffnet und ein Mädchen gesehen, dem tropfte das Wasser aus dem langen blonden Haar.

Ich habe es hereingelassen, in mein Bett gelegt und in weiche Decken gehüllt, denn sie zitterte vor Kälte. Und plötzlich wusste ich, dass sie eine Prinzessin war, eine richtige Prinzessin aus dem Lande Dänemark.

Den Trick mit der Erbse hätte ich gerne ausprobiert, einfach spaßeshalber, aber ich fand keine, so sehr ich auch suchte. Egal, denn dass sie eine richtige Prinzessin war, das wusste ich auch so. Als ich aufwachte, war sie verschwunden, aber nicht der Regen.

Da beschloss ich, nach Wien zurückzureisen zu Börge und seinen Dänen, denn bei denen wusste man immer, woran man war.

Kalabrien, Apulien

Mit meinem Rucksack ging ich zur Fähre und setzte über aufs Festland.

Und Sizilien?

- Zum Teufel mit Sizilien!, sage ich. - Aber seien Sie beruhigt: Ich komme im Sommer wieder.

Es gab eine Autostraße nach Tarent, die nahm ich, denn ein Kellner auf dem Schiff hatte sie mir zum Trampen empfohlen und ihre Schönheit gepriesen. Er musste blind gewesen sein, der Typ, denn die Schönheit der Straße hatte sich hinter den Regenwolken Kalabriens verkrochen, die Autos waren selten und fuhren meist nur bis zum nächsten Kuhdorf.

Was machen, wenn nichts läuft? Einfach weiterklotzen, bergauf, bergab und manchmal den Daumen heben, das hilft immer – Hitchhiker-Weisheiten, Seite 7. Und so marschierte ich durch den Regen, und als ich sieben Täler durchwandert und sieben Berge erklommen hatte, konnte ich nicht mehr und blieb stehen, um nachzudenken: über den Sinn des Trampens im Allgemeinen und meine Erbsenprinzessin im Besonderen.

In der Nähe war eine Kate, lieblos und schief in die Landschaft hingepflanzt, und davor ein altes Weib in langen Röcken und mit zwei stählernen Milchkannen neben sich.

- Gibt es hier einen Bus in die Stadt?, wollte ich wissen, - eine Imbissbude mit heißem Kaffee oder sowas in der Art?

Sie zuckte die Schultern und mir fiel ein, gelesen zu haben, dass die Leute hier in der Gegend nicht Italienisch, sondern Albanisch sprachen. Da hätte sie mir eigentlich einen türkischen Kaffee bringen können oder einen Maulbeerschnaps, doch das kam ihr nicht in den Sinn.

Und übernachten in der Kate? Die war voll, vielleicht eine Bergeidechse hätte noch hineingepasst, eine, die noch nicht ausgewachsen war. Schließlich entdeckte ich unter dem Wellblechvordach einen Liegestuhl, aufgeklappt und auf bessere Zeiten wartend.

- Vielleicht könnte ich …, ich zeigte auf die Liege, wobei ich den Schläfer simulierte.

Die Alte verstand, überlegte einige Zeit und dann nickte sie, was auf Albanisch wohl Zustimmung bedeutete. Und ich legte mich in den Liegestuhl und lauschte dem Regen, der auf das Blechdach prasselte.

Ob es ein guter Schlaf war?

Es war die schlimmste Nacht meines Lebens, entsetzlich und schauderhaft. Nass, durchgefroren und mit viel Wasser im Bauch schlief ich nicht eine Minute, sondern stand immer wieder unter dem Vordach und erleichterte mich wohl hundertmal.

Und ich hätte ein Königreich für eine Wand gegeben, die graue in der *Casa Bambú* in Sevilla meine ich, die mit dem roten Pfeil und dem Loch darunter im Fußboden.

Am folgenden Morgen immer noch kalter Regen, aber ein Auto mit einem Italienisch sprechenden Fahrer, der nichts dabei fand, mich nach San Giovanni in Fiore mitzunehmen, in die kleine Stadt mit dem blumigen Namen und der netten Kneipe, wo es heißen Kaffee gab und guten Maulbeerschnaps. Aber auch essen konnte man in dem Laden: *Spaghetti alla Mamma* und Schokoladenmousse als Dessert.

- Und schlafen?, wollte ich von der *Padrona* wissen.

- Schlafen …, sie überlegte, ja ein Bett hätte sie noch, absolut ruhig und mit Blick auf den Hausgarten, aber nur für eine Nacht.

- Klar, sagte ich, - eine Nacht nur, denn morgen früh muss ich weiter nach Norden, Venedig, Rimini, wenn Sie verstehen.

Sie verstand nicht, da war sie noch nie gewesen, aber sie wusste, dass es einen Autobus Richtung Perugia gab, um acht Uhr früh.

Mein Schlafzimmer war dunkel und lag am Ende eines Ganges. Lange suchte ich nach einem Schalter, knipste und sah einen speckigen, langhaarigen Typ in dem linken Bett schlafen. So sagte ich *Scusate* und legte mich in das rechte.

Es wurde eine angenehme Nacht, wohlig warm und ohne Geschnarche auf der linken Seite, und von wem ich träumte, das erzähle ich diesmal nicht.

Um sieben weckte mich die Turmuhr, da war der Langhaarige schon verschwunden. Ich ging zum Fenster, und als ich die Läden öffnete, traf mich ein Lichtschein, so grell, dass ich für einen Moment die Augen schloss.

Und dann sah ich eine Sonne, lieblich, hell und warm, wie ich sie lange nicht gesehen hatte.

Und in ihrem Licht, direkt unter dem Fenster, Bäume mit Mandarinen, Clementinen und Granatäpfeln.

- Italien, du Schöne, sei gegrüßt, habe ich dich endlich gefunden!

Ich ging hinunter, bestellte frisches Brot mit Kaktusfeigenmarmelade und heißen Kaffee, und hätte gern die ganze Welt umarmt, aber am Ende streichelte ich nur die schwarze Langhaarkatze neben mir auf der Sitzbank.

Kurz nach acht erschien Luigi, ein junger Mann in Chauffeuruniform und mit Schirmmütze. Sein Autobus warte schon und wo denn der Student nach *Venezia* sei.

- Hier!, ich hob die Hand, - aber ich wollte trampen.

- Nix trampen, sagte der Mann, - da kommst du nie an, da stehst du Ostern noch immer an der Straße.

Und so bin ich zusammen mit einem guten Dutzend netter Leute in einem weich gefederten Pullman-Bus nach Norden gefahren und habe *Buon Giorno Tristezza, Mare Chiaro* und die anderen schönen Lieder aus dem Autoradio gehört, und als ich in Ravenna ausstieg und zahlen wollte, hat Luigi den Kopf geschüttelt und gemeint: - Wieso? Ist doch egal, ob vierzehn oder fünfzehn Personen.

Wie ich weitergekommen bin, weiß ich nicht mehr, aber irgendwann stieg ich zwischen den schneebedeckten Bergen Kärntens aus einem Lastwagen und war tags drauf in Wien, wo die Schneeschmelze begonnen hatte.

Coy war noch nicht zurück und ich hatte die Wohnung für mich allein.

Ob ich denn die Chance genutzt und die Malerin Lilo angegraben hätte, hat er mich später gefragt.

Und ich habe den Kopf geschüttelt und gelacht, denn seit einiger Zeit stand ich nur noch auf dänische Prinzessinnen, Schneeköniginnen und kleine Meerjungfrauen, die genügten mir.

Später habe ich den alten Börge angerufen, aber der war ausgeflogen: Gastdozentur in München. Und mit ihm war auch die schöne Kristina verschwunden, aus meinem Leben und meinen Träumen.

So beschloss auch ich zu gehen, weil das Kapitel Wien beendet war.

Die Saar kehrt heim

Eine Universität im Saarland, irgendwo zwischen Fördertürmen, Hochöfen, Kohlehalden und Stahlwerken? Glaubte ich einfach nicht.

Doch dann habe ich sie in der Wochenschau mit eigenen Augen gesehen: *L'Université de la Sarre,* idyllisch im Stadtwald gelegen, umgeben von Laubwäldern, Tennisplätzen, Turnhallen und einem Schwimmstadion mit Zehnmeterturm, und wer kurz vor Mitternacht den letzten Bus aus der Stadt verpasste, der hatte einen ziemlichen Fußmarsch vor sich oder ein langes Hitchhiken.

Natürlich war sie zweisprachig, die Uni, und es gab mehr Franzosen hier auf einem Haufen als damals in Austerlitz. Außerdem sollte in der Nähe der Grenze einer meiner Cousins einen Nachtclub betreiben, ein Etablissement mit Bar Trio und *Chambre Séparée.*

Also nichts wie hin zur Saar, die immer wieder ihre Ufer überschwemmte, und zu den kauzigen Saarländern, die mit *Francs Français* bezahlten, Kartoffeln *Krumbeern* nannten und Depressionen *Flemm!*

Als ich ankam, fand ich, dass sie nett waren, die Leut', offen, unkompliziert und umgänglich, aber der Cousin saß im Gefängnis und sein Nachtclub war abgebrannt. Böse Zungen munkelten, dass er ihn selbst angezündet hätte. Trotzdem bin ich an der Saar geblieben, während Coy (wegen eines Mädchens!) erst einmal für einige Semester in Kiel abhing.

Schon am ersten Tag habe ich einen Platz im Studentenheim gefunden: erste Etage, Viererzimmer mit vier Schränken zum Abgrenzen des persönlichen Bereichs und zum Verstecken der Freundin, wenn abends halb zehn Oma Nölle zur Zimmerkontrolle erschien.

Als Mitbewohner hatte ich drei Ungarn, die mir schon in Traiskirchen über den Weg gelaufen waren. Einer von ihnen hieß Kálmán.

Die Universität war eine alte Kasernenanlage: vier zweigeschossige Gebäude im Karree und dazwischen der Exerzierplatz: *Präsentiert das Gewehr, rechts um und im Gleichschritt marsch!*

Was gab es zu studieren? Alles, was das Herz begehrte, aber Dänisch und die schöne Erbsenprinzessin hatte man vergessen. So nahm ich stattdessen Schwedisch und Strindbergs *Fräulein Julie* als *Hors d'oeuvre* und als *Plat principal* die Juristerei bzw. *le Droit*, wie die Franzmänner sagen.

Das Hauptgericht war interessanter, als ich gedacht hatte: Kein Romeo Maurenbrecher, aber viele praktische Fälle. Nehmen wir nur den von den beiden Schiffbrüchigen A und B, die im Wasser treiben. Und da schwimmt so ein mickeriges Brett an ihnen vorbei, ein Brett, das nur einen tragen kann. Beide kämpfen wie verrückt um die Planke, A gewinnt und B geht unter. Armer Kerl!

Und A? Er ist der Starke, aber ist er auch ein Mörder? Und noch schwieriger, wenn B zuerst oben war und A zieht ihn herunter. Ein guter Fall, oder?

Die Profs waren meist junge Typen, die mit dem Motorrad kamen, zum ersten Mal hinter einem Katheder standen und abends in der Cafeteria mit den Studenten Straßburger Kronenbourg-Bier tranken. Alle sympathisch durch die Bank! Gern bin ich in ihre Seminare gegangen und meine Übungsscheine habe ich auch gemacht.

Vielleicht wäre ich mit dem Studium schon früher fertig gewesen, aber die verdammten Sprachen lenkten mich immer wieder ab: Schwedisch bei Herrn Sjödén und Spanisch bei Señor Menéndez.

So brauchte ich acht Semester, machte ein ordentliches Examen, wurde wissenschaftlicher Fakultätsassistent und musste mich mit Zivilprozessrecht herumschlagen, einem Bereich, der mich nicht gerade in Begeisterung versetzte und deshalb auch kein gutes Promotionsthema versprach.

Alles änderte sich, als ich Guy Héraud, den Straßburger Staatsrechtler, kennenlernte. Sein Spezialgebiet waren die Rechtsfragen der *Géographie ethnique*, eine interessante Materie, bei der es um staatsrechtliche Machtverteilung in Ländern mit verschiedenen Sprachgemeinschaften geht. Ein Promotionsthema aus diesem Bereich?

- Können wir machen, sagte Héraud, - wenn wir den französisch-niederländischen Sprachenstreit in Belgien und die geplanten Verfassungsreformen nehmen. Aber dafür musst du Holländisch lesen, Französisch allein genügt nicht. Und dann lernst du den dreisten Kulturimperialismus der Frankophonen kennen: Drei Millionen sind sie nur, aber sie haben es geschafft, den restlichen sechs Millionen Flamen ihre Sprache zu verleiden und Französisch als Verkehrssprache durchzusetzen.

- Fantastisch, das ist genau mein Ding, sagte ich und kaufte mir zum Spracheinstieg das Heftchen *Zo speelt u bridge*. Damit habe zwar prima Holländisch gelernt, später aber alle Bridgepartien vergeigt, so dass keiner mehr mit mir spielen wollte.

Dafür hat mir Hérauds[1] wöchentliches Hauptseminar in Straßburg viel gegeben, aber meine wöchentliche Autofahrt zu ihm in Kálmáns altem VW über den Vogesenpass *Col de Saverne* war immer ein Scheißabenteuer, besonders bei Schnee und Eis.

Mit meiner Promotion *Die Umwandlung des belgischen Staates auf Grundlage der ethnischen Gegebenheiten* hat es dann länger gedauert als geplant, denn meine Reformmodelle wurden monatlich durch neue Brüsseler Gesetzesinitiativen überholt.

---

[1] Guy Héraud hat übrigens später seinen Lehrstuhl in Straßburg aufgegeben und ist an die Universität von Pau gegangen. 1974 ist er bei den französischen Präsidentschaftswahlen gegen Giscard angetreten, um den ethnischen Minderheiten in Frankreich eine Stimme zu geben.

Jobs

Während meiner Promotion ersuchte ich, etwas Geld zu verdienen. Ich kellnerte an Wochenenden und in den Semesterferien war ich Dolmetscher eines Handelsvertreters. Der verhökerte deutsche Elektrogeräte in Frankreich, aber er sprach kein Französisch.

So sind wir in seinem alten Peugeot 203 losgefahren, haben bei Händlern zwischen Boulogne und Perpignan Klinken geputzt, in üblen Kaschemmen genächtigt und Heizöfen, Fruchtpressen und diese Dinge an den Mann gebracht.

Eine abenteuerliche Geschichte, glauben Sie mir, besonders, wenn ich technische Begriffe wie *Schnitzelwerk, Klappstachel* und Ähnliches übersetzen musste.

Noch abenteuerlicher war mein Job in Montataire, einem armseligen Provinzkaff nördlich von Paris: Schweißen in einer zerfallenen Fabrikhalle, Unterkunft wie im Kölner Tiefbunker und jede Nacht Messerstechereien zwischen den französischen Froschfressern, den deutschen *Boches* und den algerischen *Bougnouls*.

Nein, dann lieber zurück nach Saarbrücken und Aushilfskellner in einem Esslokal. Man verdient gut mit Trinkgeldern, kann immer eine Flasche *Veuve* mitgehen lassen, ist aber erst wieder zu Hause, wenn die Vögel anfangen zu zwitschern.

Später habe ich auch noch eine Lektorenstelle an der *University of Maryland* in Kaiserslautern ergattert. Da bin ich zweimal wöchentlich rübergefahren und habe als Deutsch- und Französischlektor gearbeitet.

Später kam *International Law* dazu und ich durfte mit amerikanischen Offizieren über Angriffskriege und die Nürnberger Prozesse diskutieren.

In den Ferien ging es oft nach Paris. Kálmán, mein Zimmerkollege, hatte dort eine ungarische Freundin, Susi mit Namen. Die besuchte er immer wieder, um die Beziehung zu pflegen. Ich musste ihn begleiten wegen der Länge der Fahrt, der Benzinkosten und wegen Anna, Susis hübscher Schwester, die gerade eine Liebeskrise durchmachte.

So habe ich Paris kennengelernt: bei Tag, bei Nacht, im Sonnenschein und im Regen. Wir machten Seine-Fahrten, bestiegen den Eiffelturm, besuchten den Louvre und tranken Pernod in den Straßencafés des *Quartier Latin.*

Später bekam Kálmán als Altstudent im Wohnheim ein Einzelzimmer, aber seine Freude war nur von kurzer Dauer. Weil ihn seine Saarbrücker Freundin Jenny häufig des Nachts zusammen mit ihrem laut bellenden Dackel besuchte, legte ihm die Heimverwaltung schon bald einen Umzug nahe, und so wohnte er jetzt zusammen mit einem Busfahrer aus Miskolc und einem Kartenspieler aus Debrecen in einer Vierzimmerwohnung, der sie den Namen *Kolchose* gegeben hatten.

Vier Zimmer für drei Personen? Ist okay, aber nur bei virtueller Betrachtung, denn realiter drängten sich jeden Morgen um sieben meist sechs Personen um einen Platz im Bad: drei Ungarn plus drei Freundinnen. Und wenn ich hin und wieder dazukam, weil ich auf der Kolchosen-couch übernachtet hatte, dann waren wir sieben.

Aber egal, ob drei, sechs oder sieben: Wir verstanden uns gut, spielten miteinander Karten und an Wochenenden kochten wir *Marha Pörkölt* mit Rotwein nach Kolchosen-art.

Im Laufe der Jahre wurden wir dicke Freunde, Kálmán und ich. Wir fuhren zusammen an die Costa Brava, zu den Basken und den Galiciern, und trösteten eine ungari-sche Herrenschneiderin, deren Freund fremd, will sagen in die Fremdenlegion gegangen war.

Warum Jenny eines Tages unbedingt Freund Kálmán ihrer Schulklasse vorführen wollte, liegt auf der Hand: reines Imponiergehabe und nichts weiter. Wer von den anderen Teenie-Mädels trieb es sonst noch mit einem Kerl, zwei Meter hoch, dreißig Jahre alt und noch dazu ein Magyare aus der Puszta.

So musste er eines Tages Jenny in die Nachmittagsvor-stellung im Kino begleiten. Er saß mit ihr vorn in der ersten Reihe, während ihre Mitschüler hinten neugierig stierten und tuschelten. Was sie zu sehen bekamen, war ernüchternd: keine Knutscherei, kein Petting und diese Sachen.

Der Film *Cleopatra* entpuppte sich als der langweiligste Streifen des Jahrhunderts, so langweilig, dass Kálmán schon sehr bald einschlief und schnarchte, und sich auch durch kräftiges Schulterschütteln nicht aufwecken ließ.

Beruflich gingen wir bald getrennte Wege: Kálmán wurde Mitarbeiter in einem saarländischen Hüttenwerk, während ich mich weiter an der Uni mit Klausuren beschäftigte, den Amis in Kaiserslautern Kultur beibrachte, mich aber ansonsten nicht festlegte.

Irgendwann erschien auch Coy in Saarbrücken, lernte beim Karneval ein Mädchen kennen, heiratete es, gab sein Jurastudium auf und beschloss, Karriere in einem Pharmaunternehmen zu machen.

SÜDAMERIKA

Saarbrücken, Straßburg, Kaiserslautern – so hätte es weitergehen können, doch wie das Schicksal so spielt.

An einem Sonntagnachmittag begegne ich unten am Pissoir des Mensawaschraums Pierre, einem Bibliotheksmenschen, der mich beiläufig nach meinen Zukunftsplänen fragt.

- Keine Ahnung, sage ich, - ich grüble immer noch.
- Vielleicht Justiz oder Verwaltung oder Uni, mal sehen. Kommt Zeit, kommt Rat.

- Sehr vernünftig, meint Pierre, - aber warum gehst du nicht für ein paar Jahre mit einem Forschungsstipendium nach Lateinamerika? Da wird gerade was angeboten.

- Ja, wäre auch eine Idee, aber wo, bitte schön, soll das sein und wieviel bringt es?

- Wo? Irgendwo in Südamerika, am besten Chile, Uruguay oder Argentinien, und du kriegst tausend Mark monatlich in bar von der Stiftung, das ist megagroßzügig. Aber überlege nicht zu lange, denn in drei Tagen läuft die Antragsfrist des Haushaltsplans ab und danach ist es weg, das schöne Geld: Fünzigtausend Mark plus Schiffspassagen, Bücher, Flüge, und, und, und – da kommt einiges zusammen.

- Interessant, sehr interessant, sage ich, - und rein gefühlsmäßig würde ich nach Argentinien gehen, allein schon wegen des Tangos, und forschen …, na ja, da käme wohl Rechtsvergleichung in Betracht.

Habe ich schon immer gern gemacht.

- Klingt vernünftig, probiere es einfach!, meint Pierre.
- Ich selbst würde es machen, aber ich habe Familie, meine Frau ist schwanger, ich kann nicht.

Nun bin ich vom Naturell her kein Freund rascher Entscheidungen und hasse Schnellschüsse aus der Hüfte, aber diesmal bin ich meinem Gefühl gefolgt, und als das Schicksal vorbeigeritten kam, habe ich instinktiv nach seinem Mantel gegriffen und zwei Tage später für Argentinien unterschrieben.

- Bravo, Junge!, sagte Kálmán, als ich ihm die Geschichte erzählte. - Wenn du mich fragst: Ich glaube auch, Argentinien wäre eine gute Idee. Zufällig treffe ich mich heute Abend in meiner Kneipe mit Alberto, einem Regattasegler vom La Plata, den kannst du ja mal interviewen.

Das habe ich dann auch getan, und noch heute sehe ich Alberto vor mir, wie er mit leuchten Augen und Daumen hoch-Geste von seinem Land erzählt.

- Argentinien ist super, aber Buenos Aires ist phantastisch: Da ist Kultur, Wissenschaft, Fußball, Tango, Nachtleben, alles, da lebst du wie ein König, vorausgesetzt ..., vorausgesetzt du hast etwas Geld.

- Nun ja, ich überlegte, - tausend Mark im Monat, das ist nicht die Welt.

- Tausend Mark, Alberto rechnete, - das sind zweihundertfünfzigtausend Pesos auf dem Schwarzen Markt, das ist eine schöne Wohnung in der Nordstadt, ein Auto Ford Falcon und ein Model als Freundin.

Das überzeugte mich, denn Models kannte ich bisher nur aus der Fernsehreklame, und die waren hinreißend.

Ich habe dann in Bonn den dreimonatigen Einführungskurs der Stiftung besucht, La Plata-Spanisch gelernt, mich bei Eltern, Geschwistern und Freunden verabschiedet, und am 25. Oktober stand ich mit zwei Kunststoffkoffern am Südamerika-Kai in Antwerpen und wartete auf die *MS Lubilash*.

Es war ein Cargo-Dampfer der Extraklasse: sieben Außenkabinen, zwanzig Mann Besatzung und zwölf Passagiere, fast alle Großeltern aus Brüssel auf Enkelbesuch in Brasilien oder Argentinien.

Mit denen habe ich nicht viel gesprochen, denn kaum war die erste Schleuse passiert, da schoben sie schon die Tische zusammen, um Bridge zu spielen, und sie haben auch in Pernambuco, in Santos und in Montevideo nicht aufgehört.

Erst als wir in Buenos Aires einliefen, machten sie Schluss und begannen abzurechnen. Madame van Houten war die Siegerin und bekam als Zeichen der Anerkennung vom Kapitän einen Präsentkorb überreicht.

- *Au revoir, Madame, au revoir, Monsieur*! Ein kurzer Händedruck, und ich ging, um die Neue Welt zu umarmen.

Argentinien

Umarmen, wo anfangen? Ich sah gigantische Menschenmengen in der Stadt, die drängten sich weinend und schluchzend durch die Straßen, während aus großen Lautsprechern Tangomusik ertönte.

- Was ist los?, fragte ich einen Mann.

- Julio, sagte der Mann mit erstickter Stimme und in Tränen aufgelöst, - er ist von uns gegangen, Julio Sosa, der König des Tangos.

Ich ging weiter, und als sie *La Cumparsita* spielten, den Tango der Tangos, fiel es auch mir schwer, meine Tränen zurückzuhalten. Ja, so ist er, der Tango: ein trauriger, getanzter Gedanke, wie Discépolo sagt.

Zuerst galt es, eine Wohnung zu finden, denn die *MS Lubilash,* wo ich weiter übernachtet und gefrühstückt hatte, schickte sich an auszulaufen. Wer anders als Alberto konnte mir weiterhelfen, Alberto, der Regattasegler vom La Plata? Ich ging in eine Kneipe, setzte mich an die Bar, ließ mir ein Telefon geben und wählte seine Nummer, aber der Ruf ging nicht durch, da konnte ich noch so oft die Scheibe drehen.

- Kann schon mal passieren, so was, meinte der Inhaber, - daran musst du dich gewöhnen hier. Wenn du mich fragst: Ich würde ihn direkt aufsuchen, deinen Mann, das ist sicherer. Seine Straße, die *Avenida Rivadavia,* beginnt gleich hier um die Ecke.

Es war ein sonniger Sonntagnachmittag und ich machte

mich auf den Weg, aber Albertos Hausnummer, irgendwas in den Tausendern, wollte nicht erscheinen, solange ich auch marschierte, und dann erinnerte ich mich: Argentinien misst nicht in Metern, sondern in *Cuadras,* was in etwa Häuserblocklängen entspricht.

Eine gute Stunde wanderte ich, bis ich Albertos Häuserblock erreicht hatte. Ich drückte den Klingelknopf an der Haustür und fuhr mit dem Lift in den Vierten.

Eine ältere *Mucama* öffnete und zuerst verstand sie nichts von meiner Geschichte, aber schließlich erschien ein verschlafener Alberto im Pyjama, rieb sich die Augen, umarmte mich und begann sich zu erinnern.

Dann duschte er, ließ sich einen Kaffee machen und wir fuhren in seinem Volkswagen quer durch die Stadt zu seinem Segelclub am La Plata, wo wir einen netten Tag verbrachten und in Hängematten übernachteten.

Tags drauf die Hauptpost, Abteilung *Poste Restante.* Kein Brief von der Familie, aber ich treffe eine deutsche Frau und frage sie nach einer Wohnung.

Eine Wohnung? Die Frau lässt sich was einfallen und schickt mich zu einem Schweden nach Olivos, einem Villenvorort. Bei dem Mann ziehe ich ein, denn die Wohnung ist erstklassig und der Schwede, Caspar mit Namen, liebenswürdig und ein passionierter Bridgespieler. Aber er ist auch SS-Untersturmführer a. D., Inhaber eines Reisebüros und Organisator des Rattenlinienprojekts, wie ich später erfahre.

- Aber Buenos Aires, warum gerade Buenos Aires?, will Caspar wissen.

- Da gibt es drei Dinge, wiederholte ich Albertos Spruch, - Tango, Fußball und Frauen.

- Verstehe, meint Caspar, - aber dafür solltest du nach Uruguay gehen, nach Montevideo, da ist alles besser: Tango, Fußball und besonders die Frauen.

Es war ein gelungener Einstand und ich strich den Tag rot in meinem Tagebuch an, wohl ahnend, dass ich dem Land verfallen war, seitdem meine Füße den Pier betreten hatten.

Wo anfangen? Als Uni-Mann versuchte ich es in der Universität, aber die war vermüllt und zugesperrt: Demonstrationen gegen die US-Mittelamerika-Politik.

So ging ich mit Caspars Sohn Claes die *Avenida Corrientes,* den hiesigen Broadway, kennenzulernen und dann ins *Caño* 14, einen typischen Tangoschuppen, wo Kellner in Pumphosen und mit Sombrero Rotwein und riesige Steaks servieren. Irgendwann öffnete sich der Bühnenvorhang und das Tangoorchester erschien: kein Argentinier, kein Uruguayer, aber ein gutes Dutzend Japse, Chinesen oder Koreaner mit ihren Instrumenten und säuberlich gefalteten Notenblättern.

Und sie begannen zu spielen, grandios und hinreißend – mein Gott!, nie zuvor hatte ich besseren Tango gehört, nicht einmal im nächtlichen Sender *Radio Tango.*

Am Wochenende der argentinische Fußball, von dem Alberto geschwärmt hatte. Also fuhren wir hinunter in den Stadtteil *La Boca,* wo die *Juniors* in ihrem Stadion *La Bonbonera* zu einem Spitzenspiel aufliefen. Aber sie spielten schlecht, die Juniors, und als dann die *Nacionales* aus

Montevideo auch noch ein Tor schossen, wollte die Wut der Boca-Fans kein Ende nehmen.

Besonders die von der oberen Tribünenebene begannen in ohnmächtiger Raserei Flaschen, herausgerissene Sitzlehnen und angezündete Papierschwalben den Unteren auf den Kopf zu werfen, und schließlich öffneten sie ihren Hosenstall und urinierten hinunter, was das Zeug hielt. Wohl dem, der einen Regenschirm dabeihatte!

Am Ende flüchtete sich alles zum Ausgang und Alberto atmete auf und meinte: - Verdammt, noch einmal Glück gehabt! Nie war ich der Hölle so nah.

Tango und Fußball. Es fehlten nur noch die Frauen, und in der Tat versuchten plötzlich meine *Amigos*, irgendwelche alleingebliebenen *Chicas* an den Mann zu bringen: Claes schleppte seine abgelegte Freundin Renata an, Sekretärin der schwedischen Botschaft, Caspar die schöne Rahel, Tochter seines jüdischen Bridgepartners Saul, Alberto erschien mit seiner Nichte Stella, und Ante, der jugoslawische Supermarktleiter, mit Iris, seiner Ex.

Lieb von euch, dachte ich gerührt, und überaus fürsorglich. Und um niemand vor den Kopf zu stoßen, spielte ich das Spiel eine Zeitlang lang mit – aber lustlos, weil ich mich in Alicia, eine Studentin, verliebt hatte.

Alicia wohnte mit ihren Eltern achthundert Kilometer entfernt in Córdoba, und ein Besuch bei ihr war jedes Mal eine kleine Weltreise.

Hätte sie hier um die Ecke gewohnt: Ich wäre *Porteño* geworden, würde mich Wilfredo nennen, jetzt in Olivos mit einem Becher Mate in der Hand am La Plata sitzen und meinen argentinischen Enkeln vorlesen. So musste ich mit dem Nachtzug nach Córdoba fahren, und dort stieg ich immer bei *Le Cocu* ab, einem verrückten Zahnmediziner, den ich beim Pferderennen in Palermo kennengelernt hatte.

Warum verrückt? Nun, da ist die alte Geschichte, wo ein junger Angebertyp, sein Mädchen neben sich, provozierend langsam im offenen Cabriolet über die Avenida schleicht. Und *Le Cocu* steht am Straßenrand und die Schöne lächelt ihm zu, einfach so und irgendwie einladend. Und er, was tut er, mein verrückter *Cocu*? Mit einem Kopfsprung hechtet er zu ihr in den Wagen, so dass er mit dem Oberkörper auf ihrem Schoß zu liegen kommt, während seine Beine draußen herumstrampeln.

Ob verrückt oder nicht – egal, ich mochte ihn, besonders nachdem wir gemeinsam in Pinamar auf Camping-Urlaub waren, zu viert, Alicia und Chula, Cocus Frau, eingeschlossen.

Eines Tages fand ich die Tore der Universität wieder offen, die Plakate und Transparente herabgenommen, Treppen und Flure sauber gefegt, und das akademische Leben konnte beginnen. Aufs Geratewohl ging ich in einen Hörsaal, setzte mich in die letzte Reihe und hörte mir eine Handelsrecht-Vorlesung an.

Gut gemacht, der Prof, aber mit Vagn Börge konnte er nicht mithalten und mit Guy Héraud auch nicht.

Deshalb habe ich mich leise davongestohlen, draußen zusammen mit den anderen US-Präsident Johnson zum Teufel geschickt, Che Guevara in den Himmel gehoben und im Park-Imbiss die Bekanntschaft eines Assistenten gemacht.

Der Mann vermittelte mir einen Uni-Kurs über die Europäische Integration und machte mich bekannt mit Señor Bühler, der eine ansehnliche Anwaltspraxis im Osten der Stadt hatte und gerade einen Mitarbeiter für den Geschäftsverkehr mit dem Land seiner Großväter suchte.

- Unsere Arbeit ist immer gleich, sagte er. - Die Deutschen haben argentinischen Wein gekauft: Malbec und Sauvignon beispielsweise, und angezahlt haben sie auch schon, weil das macht den Wein billiger, und nun warten sie schon seit drei Monaten und nichts kommt, nicht einmal eine Ansichtskarte aus Mendoza mit dem San-Martín-Denkmal und den weißen Kaktusblüten. Und nach einiger Zeit werden sie ungeduldig, die Freunde in Hamburg und Köln, und wollen wissen, was da läuft und überhaupt. Und jetzt — er schaute auf und musterte mich scharf mit seinen Schweinsäuglein unter den gekräuselten Brauen — jetzt ist unsere Stunde gekommen und wir sind am Zug. Was, sagen Sie selbst, Herr Kollege, was werden Sie antworten?

- Paciencia, liebe Freunde, würde ich schreiben, - etwas Geduld, hier ist der La Plata und nicht die Elbe, hier fließt das Wasser langsamer und es gibt eine Menge Strudel in der Mitte, da fließt es gar nicht.

- Falsch, sagte Bühler. - So mag das in Italien laufen oder in Spanien, aber nicht bei uns. Bei uns schreiben Sie: Sehr geehrte Damen und Herren, bevor wir Ihnen juristische Hilfestellung leisten können, möchten wir Sie bitten, uns einen Kostenvorschuss von, sagen wir fünfhundert Dollar, auf unser Konto bei der Deutsch-Südamerikanischen Bank in Hamburg zu überweisen.

- Und dann?

- Dann …, er überlegte, - dann schreiben wir, dass wieder einmal gestreikt wird in diesem Land – fuerza mayor, höhere Gewalt nennen wir das – und dass wir sie auf dem Laufenden halten werden, naturalmente. Und es kommt, wie es immer kommt. Unsere Freunde haben ihre Geduld verloren – irgendwo verrottet sie im Elbschlick – und sie nahen mit der Panzerhaubitze 150 mm, will sagen einer Anwaltskanzlei an der Binnenalster mit ungefähr zwanzig Sozien, jeder von ihnen mit Doktortitel und einige mit zweien, und wer den nicht hat, der hat einen LL. M. von Harvard, Yale oder Columbia. Und jetzt sind Sie gefragt, Sie, Herr Kollege und Schriftsteller von Rang.

- Gute Frage, was soll man antworten?

- Nun, Sie schreiben, dass unsere Firma Falcone pleite ist und in Konkurs, weil die drei Brüder Mateo, Julio und Jesús nichts vom Geschäft verstehen und leider das Geld durchgebracht haben – Mateo mit Pferden in San Isidro, Julio beim Zocken in Mar del Plata und Jesús mit Weibern, überall dort, wo es welche gibt.

Und am Schluss fragen Sie listig, ob die Kollegen beabsichtigten, ihre Forderungen beim Konkursverwalter anzumelden, was allerdings mit einer Gebühr und einem weiteren Honorarvorschuss verbunden ist. Und da Sie ein Mann der eleganten Formulierung sind, werden Sie auch diesen Vorschuss noch herausholen, und davon kriegen Sie vierzig Prozent.

- Fünfzig, sagte ich, und dann einigten wir uns auf fünfundvierzig.

Es war viel Arbeit, aber es gefiel mir, und nebenbei betrieb ich Rechtsvergleichung und lernte eine Menge Leute kennen: Anwälte, Unternehmer, Sekretärinnen, Stewardessen und eine Tänzerin. Models waren, man wird es bemerkt haben, nicht dabei. Sie sind am La Plata dünn gesät.

Trotzdem verbrachte ich viel Zeit in BA, wie die Yankees zu sagen pflegen, spielte Tennis und Bridge, hing mit Alberto im Yachtclub ab, feierte bei Claes' Freunden Wochenendpartys in Landhäusern mit Pool, ritt auf störrischen Gäulen durch den Palermo-Park, und sonntags morgens saß ich meist in einem Straßencafé in San Telmo und betrachtete die Welt: kauzige Greise und Mütterchen, die sich im Schatten der Eichenbäume mühten, etwas zu tanzen, das Tango oder Milonga sein sollte.

Und dann kam Weihnachten, ein warmes Sommerfest für Familien.

Ich hatte keine, aber Alberto hatte sie, und so feierte ich mit ihm und den Seinen, und als er im Februar mit seiner Frau ins sommerliche Mar del Plata fuhr, war ich dabei, als neues Familienmitglied sozusagen.

Bolivien

So floss meine Zeit dahin, zwischen Amigos und Milonga tanzenden Paaren, und als mich wieder einmal das Reisefieber gepackt hatte, beschloss ich, den Titicaca-See zu sehen. Zusammen mit Bert, meinem Hamburger Freund und Reisebegleiter, flog ich nach La Paz.

Der Flugplatz liegt auf 4000 m Höhe, und wer dort zurechtkommen will, sollte schon Himalaja-Sherpa mit Everest-Erfahrungen sein. Das waren wir nicht, und so erwischte uns schon gleich bei dem Rent a Car *el Soroche*, diese teuflische Höhenkrankheit mit Kopfschmerzen, Schwindelgefühl, Erbrechen und weiteren Scheußlichkeiten. Verdammte Anden! Warum nicht auch mal Egmont aan Zee oder Kinderdijk und seine Windmühlen!

Egal! Augen zu und durch! Wir gingen in unser Hotel, nahmen die üblichen Pillen und trösteten uns, denn am nächsten Tag würde alles besser sein.

War es aber nicht.

- Da hilft nur eins, sagte der Barkeeper, - fahrt hinunter nach Coroico, ein nettes Städtchen am Fuß der Berge, und jede Wette: Dein *Soroche* ist weg. Ist ein Geheimtipp, hat immer geholfen, ich schwör es dir.

Und als er die Hand zum Schwur hob, beschlossen wir zu fahren.

Es war ein kalter, nebliger Tag auf der Schotterpiste durch die *Yungas*. Vor uns fuhr ein Pick-up mit Quechua-Indios, eng aneinander gedrängt auf der Ladefläche, und hinter uns ein Kleinbus, der vergeblich versuchte zu überholen.

Hinter der ersten Kurve ein Wasserfall, der sich auf die Straße ergoss. Wie auf Kommando zogen die Indios eine Zeltplane über den Kopf. Kaum zu glauben, dass sie trocken durchgekommen waren bei der Menge Wasser. Versuchen Sie mal, mit einer Zeltplane über dem Kopf trocken durch den Niagara zu kommen!

Und dann kam die Stelle, die mich noch heute in nächtliche Panikattacken treibt. Die Piste wurde schmal wie …, wie eine Buchseite, würde ich sagen, und die können zuweilen ganz schön schmal sein, wenn ich an meine Bibel denke.

Was tun? Den Fels wegsprengen vor dem Weiterfahren oder zweirädrig fahren: zwei Räder rechts auf dem Weg und zwei links in der Luft über dem Abgrund?

Offenbar stand der Pick-up vor derselben Frage. Der Beifahrer, ein fetter Quechua, war mit einem Stab in der Hand vorausgegangen, maß Höhen, Breiten und Abstände und gab die Werte durch Handzeichen an den Fahrer weiter.

Und irgendwie schafften sie es, die zwei, Zentimeter für Zentimeter, während die Indios hinten im Auto stoisch auf ihrer Bank saßen und ihre Plane abtrockneten.

- Was der Fahrer kann, können wir schon lange, sagte ich, und Bert meinte: - Profis …, gelernt ist gelernt.

Und wir schafften es auch, langsamer als die beiden vor uns, wir zählten hundert Kreuze an der Straße, und … wir stürzten nicht ab, das müssen Sie mir glauben, denn wie sonst würde ich jetzt hier sitzen und meine Geschichte tippen?

Ob es aber der Busfahrer hinter uns geschafft hat, wer weiß? Vielleicht ist er abgestürzt am *Camino de la Muerte* und hat wie all die anderen da unten am Ufer des *Rio Elena* sein Leben ausgehaucht. Dann hätte er besser ein kleineres Auto genommen oder einen indianischen Straßenlotsen.

Irgendwann am Abend erreichten wir mehreren Erdrutschen und einem Steinschlag zum Trotz Coroico, und mein *Soroche* war weggeblasen wie ein Federflaum im Wind. Wir übernachteten im Hotel *América*, schwammen im Pool und zählten die Glühwürmchen. Es waren viele.

Das Abendessen war grandios und die *Piscos Sour* ... etwas, um davon zu träumen, wie man hier sagt. Stimmte in der Tat, aber nur mittelbar, denn eigentlich träumte ich von Rosita hinter der Bar, die die Drinks mixte und servierte. Aber das ist eine andere Geschichte.

Am folgenden Tag das Ganze noch einmal bergauf. Es ging besser als gedacht, denn die Sonne schien hell, die Strecke war bekannt und die vielen *Piscos* hatten uns zu Löwen gemacht. Gern hätte ich das Andenlied gesungen, aber mir fiel der Text nicht ein.

Als wir losfuhren, erschien ein Mann mit einem schwarzen Kampfhahn unter dem Arm und wollte mitfahren nach La Paz.

- Zu gefährlich. Bert schüttelte den Kopf.

- Gefährlich? Der Mann lachte. - Dann lasst mich fahren! Ich fahre die Strecke zweimal im Monat, ich kenne jeden

Stein, und wenn es sein muss, fahre ich mit verbundenen Augen.

Er ließ sich nicht abwimmeln, und so ließen wir ihn ans Steuer, banden ihm ein Tuch vor die Augen und nahmen seinen Hahn auf den Schoß. Er ist nicht weit gekommen. Schon nach kurzer Strecke hatte er zwei Mülltonnen und eine Milchkanne umgefahren, und bei einem Hinweisschild ist er dann mit seinem Viech verlegen ausgestiegen.

Wir erreichten unser Hotel in La Paz am Nachmittag und ich fühlte, wie *el Soroche* zurückgekommen war. Gleichwohl nahmen wir am nächsten Morgen den Bus, der über die Hochebene zu dem Städtchen *Copacabana* am Titicaca-See fährt, und dann das Ausflugsboot zur *Isla del Sol* in der Seemitte.

Es war ein sonniger Sommertag: azurblau der Himmel und das Wasser ruhig und glatt wie Seide. An Bord einige Indios mit verschnürten Bündeln und zwei hübsche Jura-Studentinnen aus Río.

Mit Lorena habe ich auf dem Oberdeck in der Sonne gesessen und über den Salpeterkrieg diskutiert. Es war ein langer Krieg damals und fast so lang war unsere Diskussion, und als wir die Insel erreichten, hatte ich einen Sonnenstich mit Nackenschmerzen, Benommenheit und Kreislaufproblemen, wie es kaum besser sein konnte.

Egal, Augen zu und durch!, wiederholte ich meine Parole. Wir machten einige Besichtigungen und schifften uns für die Rückfahrt am Nachmittag ein.

Aber da hatte sich das Wetter geändert. Sturm war aufgekommen und fegte über den See, so dass der Kapitän, ein hünenhafter Indio, in den Himmel blickte und zweifelnd den Kopf bewegte.

- Was ist, worauf wartest du noch?, rief jemand.

Also stachen wir in See, auf Teufel komm raus, aber irgendwo an der Spitze der Halbinsel begann der Kahn zu schaukeln und zu schlingern, und ich hing über der Reling, fütterte die Fische, und nicht viel fehlte und ich wäre ins Wasser gesprungen, um endlich Ruhe zu haben.

Schließlich entschied sich der Kapitän, auf einer Sandbank zu stranden – aus Sicherheitsgründen, wie er sagte. Und dann wateten wir durch das Wasser an den Strand.

Ein kalter Wind wehte von den Bergen und die Gruppen begannen, sich in der aufkommenden Dunkelheit zu zerstreuen. Irgendwo musste Copacabana liegen, aber wir sahen nur flackernde Feuer von Indio-Siedlungen.

Hingehen und nach dem Weg fragen? Ein gewagtes Spiel: Zweimal geriet ich an volltrunkene Aymaras, die forderten mein Geld und hetzten ihre Hunde auf mich. Beim dritten Mal hatte ich mehr Glück: Eine uralte Squaw mit Zöpfen und Bowlerhut sprach Spanisch, und den Weg nach Copacabana wusste sie auch.

- Wie weit?, fragte ich.

- Wie weit? Sie grübelte eine Ewigkeit und dann zuckte sie die Achseln.

- Und wie lange braucht man?

- Lange, sehr lange.

Der Weg war richtig, Gott sei Dank!

Und gegen Mitternacht kamen wir wieder im Hotel an, wo sie auch sogleich einen Doktor herbeizauberten.

Der machte seine Untersuchungen, gab eine Spritze, jede Menge Pillen und Coca-Blätter und grinste.

- *Soroche*, Sonnenstich und Seekrankheit, habe ich alles hier oben schon erlebt, aber alle drei zusammen auf einmal, das war noch nie, da wird man Ihnen noch ein Denkmal setzen.

Tags drauf mussten wir weiterfahren, *Soroche* hin, *Soroche* her, denn die Heimat war weit. Unterwegs, bei Orillas war das, ein Fluss ohne Brücke, und auf der anderen Seite geht die Straße weiter, und wer nicht schwimmen kann, steht da und schaut dumm drein.

Wie lange wir dagestanden sind – ich weiß nicht mehr. Ich erinnere mich nur, dass irgendwann auf der anderen Seite ein Typ erschien: so ein Testosteron-Mann mit kurzgeschnittenem Indioschopf.

Ob wir irgendwelche Wünsche hätten? Klar, dass wir die hatten, am besten eine Steinbrücke oder sowas in der Art. Damit konnte er nicht dienen, aber mit einer Art Fähre schon, hinten im Buschwerk verborgen.

Und dann bugsierte er das Ding heraus: selbstgebastelt aus zusammengetackerten Scheunentoren und mit einem kleinen *Evinrude*-Außenborder, wie man ihn in Schlauchbooten benutzt.

Das für unseren Honda und zusätzlich drei Personen? Niemals! Dann lieber schwimmen, mit dem Auto auf dem Rücken oder zurück und hundert Kilometer Umweg fahren!

- Keine Angst, Männer! Der Typ schien unsere Bedenken zu erraten. - Ich schwöre bei meinem Leben: Es funktioniert.

Und dabei legte er so eine Art Quechua-Gelübde ab, mit Pachamama und anderen Gottheiten als Zeugen, und wir gaben schweren Herzens nach.

Das Gefährt sackte etwas ein, als wir drauffuhren, und wer stand, bekam nasse Hosenbeine, das ließ sich nicht verhindern, aber irgendwie schaffte es unser Mann, drüben, am anderen Ufer zu landen, und ich bin sicher, das hatte er der Hilfe der *Huacas* zu verdanken.

Chile

Eine Menge Abenteuer auf einmal, und ob ich nicht endlich genug hätte von der Herumrutscherei, hat man mich immer wieder gefragt. Da wurde mir klar, dass ich verrückt war nach Südamerika, ja, ganz einfach verrückt. Neben Argentinien hatte mich Chile fasziniert, ein langes Land, das bisher zu kurz gekommen war und Gerechtigkeit verlangte.

Chile ist ein schönes Land, wie man im Geographieunterricht lernt, und misst von Nord nach Süd über viertausend Kilometer, und wer es mit dem Auto erkunden will, sollte einen *Copiloto,* wie man hier sagt, haben. Wer anderes als Bert kam da in Betracht?

- Wir treffen uns in Arica, ganz im Norden, sagte ich, - und du solltest, bitte schön, Sonnenbrille, Hut, Shorts und Wanderschuhe nicht vergessen.

Wie es denn mit Präservativen wäre, wollte er noch wissen, einer seiner blöden Witze.

- Die kannst du dir an den Hut stecken, sagte ich, aber dann fiel mir ein, dass das wieder einmal eine ziemlich schiefe Metapher war.

Bert war pünktlich da und hatte nichts vergessen, so dass wir gleich starten konnten.

Es ist eine schöne Strecke, immer am Pazifik entlang, und hin und wieder gehst du schwimmen und isst einen Seehecht in einer Fischerbude, und nachts schläfst du in den Dünen und siehst über dir das Kreuz des Südens, ganz hell da oben mitten in der Milchstraße. Am Ende der Woche bist du in Santiago angekommen, fotografierst ein paar Denkmäler und fluchst „*Cabrones, Hijos de puta!*" wegen einer linken Demonstration und „*Olor de Mierda!*", weil die Luft nach Abgasen stinkt.

- Ist noch ziemlich weit nach Chiloe, sagte der Mensch im Reisebüro, - tausend Kilometer oder mehr, je nachdem wie Sie fahren. Und vor allem: Sie brauchen gute Reifen und viel Geduld, denn es ist nicht viel asphaltiert da unten.

Wie recht er hatte! Es waren wellige Schotterstraßen mit tausend Schlaglöchern und dazwischen Füchse, Straußenvögel und anderes Getier, das sich einen Dreck um die Verkehrsregeln kümmerte. Mit der Fähre setzten wir über auf die Insel, diesmal ohne seekrank zu werden, und erreichten am Abend Castro, die Stadt der Pfahlbauten, bunten Holzhäuser und … des ewigen Regens.

- Was belieben die Caballeros?, fragte der Wirt vom Restaurant *El Lago*.

Und als ich fragte, ob sie vielleicht Fisch hätten, Muscheln und sowas, wollte er sich totlachen, denn das ist die Spezialität dieser Insel: Speisen, die einem das Meer schenkt. Wir aßen hervorragend, *Fruta del Mar*, wie sie hier sagen, besser als Gott jemals in Frankreich gegessen haben dürfte. Und das Gästezimmer? Schlafen bei heiserem Möwengeschrei, prasselndem Regen am Fenster und sanftem Meeresrauschen zwischen den Pfählen unter dir:

Ich träume noch heute davon, aber manchmal träume ich auch von Rosita, dem Pisco-Engel aus Coroico.

Am nächsten Morgen hatte der Regen nachgelassen, für genau siebzehn Minuten, wie Bert feststellte, so dass man für kurze Zeit die Vulkane im Nebel erkennen konnte. Das genügte, um das Auto zu packen, ein Foto zu machen und nach Süden weiterzufahren.

Weit sind wir nicht gekommen, da die Straße unter Wasser stand. So mussten wir unseren Honda zurückgeben und ein Taxi finden, das nichts dabei findet, reißende Flüsse zu durchqueren und uns bis zur argentinischen Grenze zu bringen.

Wir fanden einen Mapuche, der war zu allem bereit, aber dann entschied er sich plötzlich, in einem Nest namens Futaleufú anzuhalten und seine Schwiegereltern zu besuchen.

- Futaleufú, was zum Teufel, soll das heißen?, wollte ich wissen.

Worauf er sonderbar lächelte und meinte: - Das heißt *„ein von Gott geschaffener Ort"* in unserer Sprache.

Sonderbar, dachte ich, trifft das nicht auf jedes Nest zu? Aber Bert meinte: - Auf Bitterfeld nicht, das hat der Teufel produziert.

Ob Gott oder Teufel – jedenfalls gab es kein Hotel und keine Absteige in dem Nest und wir mussten zusammen mit dem Fahrer im Kinderzimmer der Schwiegereltern schlafen.

Tags drauf Sonnenschein und eine Luft, die nach Honigblüten und Myrte duftete. Die Grenze war gleich hinter dem Wald, der Posten freundlich und der Autobus nach Esquel wartete schon auf uns.

- Ist doch verdammt lang, dieses Chile, oder?, habe ich zu
Bert gesagt.

Und er hat überlegt und gemeint: - Sehr gut, je länger,
desto besser, aber Argentinien ist auch nicht ohne.

ZURÜCK IN EUROPA

Am Ende – gut drei Jahre waren vergangen – war ich wieder in Deutschland, weil Mamá einen schwere Krankheit bekommen hatte, doch noch immer hatte ich einen Fuß am La Plata und versuchte den Spagat, der mich eines Tages zerreißen würde.

In Saarbrücken hatte sich nichts verändert. Coy war Prokurist geworden, Kálmán Geschäftsführer, und für mich war, wie zu erwarten, eine Assistentenstelle an der Universität frei. In dem Raum über der Mensa hatte ich ein Klavier entdeckt, darauf konnte ich *Falling Leaves* spielen, und in der Post gab es zwei Zellen mit funktionierenden Telefonen. Eines Tages passte mich Coy im Unicafé ab.

- Bist du ein Mann schneller Entscheidungen?, wollte er wissen.

- Im Vergleich zu dir schon, was ist?

- Kommst du mit nach Kanada, in die Prärie, nach Alberta? Verwandtenbesuche und so.

- Danke nein, sagte ich. - Ich mag keine Prärien. Außerdem war ich schon einmal mit dir in Masuren und Danzig und habe dir geholfen, deine Wurzeln zu finden.

- Danzig, war doch ein guter Trip, oder nicht? Aber Alberta ist noch besser: abenteuerlich, aufregend und reizvoll. Und dann erst die Frauen da drüben …

Er hatte seine Schilderungen unterbrochen und verdrehte lustvoll die Augen.

- Fahr mit Gigi, deiner Frau, sagte ich, - wozu ist man verheiratet?

- Sie will nicht und hat sich immer in Kanada gelangweilt. Du musst mitkommen.

Das klang entschieden, und so habe ich zugesagt.

Kanada

Wir sind nach Edmonton in Alberta geflogen, haben uns einen Mietwagen genommen und sind nach Lindbrook gefahren, wo sich seine wolgadeutsche Mischpoke damals in den zwanziger Jahren nach ihrer Vertreibung niedergelassen hatte.

- Nichts haben sie gehabt, als sie angekommen sind, sagte Coy, - nur ein Hemd über dem Hintern, das war alles. Und was hat man ihnen gegeben hier vor Ort? Eine Handvoll Nägel und eine Rolle rostigen Draht. Damit sollten sie ein Stück Land einzäunen, das gehörte dann ihnen, und darauf eine Hütte bauen, im Winter bei zwanzig Grad minus, kannst du dir das vorstellen?

Aber sie schafften das, weil sie Kälte gewöhnt waren an der Wolga und wussten, wie man arbeitet, und sie sind zu siebt eingezogen: die Eltern, drei Kinder und die Großeltern.

Und jetzt haben sie eine Riesenfarm mit Landmaschinen, zweitausend Rindern, Weizensilos, Motorboote für die Seen und ein Privatflugzeug.

Wir wurden nett aufgenommen von den Repperts, haben das Herrenhaus besichtigt, Barbecue gemacht und ein Gespräch versucht. Aber das lief nicht: Fremde Leute, fremde Probleme und ein fremdes Deutsch, wie man es damals an der Wolga gesprochen haben mochte.

Ein Gästezimmer gab es auch, aber da schläft man schlecht. Farmtiere haben einen anderen Rhythmus, und das ist es, was zählt.

So beschlossen wir, ein Reppert-Auto zu nehmen und nach *Yellowknife* am *Großen Sklavensee* zu fahren.

- Den Ort müsst ihr gesehen haben, sagte Onkel Waldemar. - Ich bin einmal dagewesen, das war ein wunderschöner Trip, und das Schwimmen im See ist *great, really great.*

Dass er mit seinem Flugzeug dagewesen war, sagte er nicht und auch nicht, dass der Ort nicht gerade nah war: gut neunhundert Meilen entfernt.

Egal, beschlossen ist beschlossen! Das Wetter war gut, unser *Ford Canada* neu und der *Highway* exzellent. Zumindest die ersten fünfhundert Meilen, aber dann kamen die Frostaufbrüche, die Onkel Waldemar uns unterschlagen hatte, Bärenfamilien und anderes Getier auf der Fahrbahn, leere Tanksäulen und aufdringliche, betrunkene *First Nations*, wie man die Indianer hier oben nennt.

Dennoch schafften wir die Strecke in vier, fünf Tagen, ohne Schaden zu nehmen, und als wir ankamen, hatte es angefangen zu schneien: feine, dichte Flocken ohne Unterlass.

Der See war kalt, schaumig und unruhig, aber Mary's B&B wohlig warm und ihr *Northern Pike Fish* das Beste, was Fischer je gefangen haben, vielleicht die Jünger Petrus und Jakobus ausgenommen.

Wir blieben zwei Nächte und suchten vergeblich die Schönheiten, von denen Coy geschwärmt hatte. Am Ende erinnerte ich mich:

Er hatte von der Provinz Alberta gesprochen, aber wir waren in den *North Western Territories* gelandet, gleich neben Yukon und Alaska, und das ist eine andere Welt.

Ungarn

Und plötzlich, ich war gerade aus Kanada zurück, fing auch Kálmán mit irgendwelchen Reiseplänen an.

- Du wirst es nicht glauben, sagte er, wobei ihm die Stimme versagte, - aber ich werde nach Ungarn fahren, das erste Mal nach all den Jahren, ich werde meine Eltern wiedersehen, meinen Bruder, die ganze Familie.

Und dann erzählte er von dem neuen Gnadenerlass der Regierung, der Amnestie für die Politischen, dem Gulaschkommunismus und all diesen Sachen, und am Schluss wollte er wissen, ob ich mitkäme.

- Ungarn? Okay, sagte ich, - vorausgesetzt, wir machen nicht wieder einen Umweg über Paris.

Auf der Botschaft haben wir zwei Visa abgeholt, ein Telegramm nach Ungarn geschickt, das Auto reisefertig gemacht, es mit Westschokoladen, Westklamotten und einer Waschmaschine bepackt, und einige Tage später standen wir an einer Autobahn Richtung Wien und Budapest.

Es war eine angenehme Reise entlang der Donau, durch die Wachau und durch das Burgenland. Anfangs war Kálmán gut gelaunt und munter, aber als wir uns der Grenze näherten, wurde er schweigsam und unsicher.

- Einreisen kein Problem, - sagte er, - aber ob sie mich wieder herauslassen, das ist eine andere Frage. Diese ÁVO-Typen verzeihen nichts. Wenn die dich einmal auf dem Radar haben, kannst du nur noch beten.

- Du hast nichts verbrochen damals, versuchte ich ihn zu beruhigen, - und Republikflucht sechsundfünfzig, das machte doch jeder.

- Nichts verbrochen? Keiner weiß, wie die Drecksäcke das sehen.

Und schließlich kam er damit heraus, dass er damals Armeewaffen organisiert und in einem Lastwagen von Budapest nach Györ transportiert hatte, Staatsverrat, wie es geschrieben steht, und ein schweres Verbrechen.

- Aber sie haben dir ein Visum gegeben, damit ist doch alles klar.

- Das ist doch das Infame, sagte er, - ein ganz schäbiger Trick, um mich hereinzulocken, und wenn ich einmal da bin, dann Gnade mir Gott, ich weiß, was da abgeht in einem ungarischen Knast, alles selbst erlebt.

Kurz vor der Grenze passierten wir einen Gasthof mit dem Namen *Die Ungarische Krone* und Kálmán hielt an.

- Komm, gehen wir hinein! Vielleicht haben sie *Pálinka*, das könnte ich jetzt gut gebrauchen.

Sie hatten, sogar den *Marillen-Pálinka* in der Bocksbeutelflasche, und als Kálmán einige Gläser getrunken hatte, fühlte er sich zusehends besser, zudem war der Mond über den Stoppelfeldern aufgegangen und verbreitete sein mildes Licht.

- Scheiß auf das Kommunistenpack, sagte Kálmán, - scheiß auf die ganze Bande! Ich habe einen deutschen Pass, das wäre schon eine Kriegserklärung, wenn die mir nur ans Bein pinkelten.

Das taten sie nicht, das kann ich bezeugen, aber vor dem Schlagbaum standen mehrere Grenzschützer in Uniform, die Angst einflößend blickten und die Fahrspuren zuwiesen: Diplomaten, Ostblock-Sozialisten, Westmenschen und Ungarn.

Wir bekamen Spur drei und übergaben die Pässe einem Offizier, der mit ihnen im Abfertigungsgebäude verschwand und, wie man durch die Fensterscheibe sah, sogleich zum Telefonhörer griff.

Und so standen wir am Straßenrand und warteten, und je länger wir warteten, desto unruhiger wurde Kálmán. Zu gern hätte er jetzt eine ganze Flasche *Pálinka* gehabt, aber er hatte nur Wasser aus der *Ungarischen Krone*, und das schmeckte nach Chlor.

Wie lange wir dort bei Hegyeshalom in unserem Wagen auf die Grenzabfertigung gewartet haben? Es muss fast eine Stunde gewesen sein, eine Stunde, während alle anderen auf Spur eins, zwei und vier durchgewunken wurden, ohne Umstände, einfach so.

Am Ende – ein Wölkchen hatte sich vor den Mond geschoben – öffnete sich die Tür und der Herr Oberleutnant erschien. Noch immer hatte er einen grimmigen Blick, aber eine Idee weniger grimmig als zuvor, glaube ich. In der linken Hand hielt er die Pässe und in seiner rechten … nichts, obwohl ich sowas wie Handschellen erwartet hatte, den üblichen Auftakt zu einer Verhaftung.

- Gute Reise! Der Mann nickte und gab die Pässe zurück, und als er den Schlagbaum öffnete, hatte ich den Eindruck, dass ein Schmunzeln über sein Gesicht huschte, aber vielleicht hatte ich mich auch getäuscht.

Budapest 155 km. Wir sahen den Wegweiser und beschlossen weiterzufahren, egal, wann wir ankommen würden, aber zuerst fuhren wir langsam und schauten uns die Gegend an. Ein Städtchen mit dem unaussprechlichen Namen Mosonmagyaróvár schlief fest und träumte von alten Zeiten, als es noch den Namen Wieselburg trug.

Ganz anders Györ, die nächste Stadt. Sie war putzmunter und hell erleuchtet zu dieser Stunde und feierte. Ich fuhr an den Straßenrand, um einige Maiskolben zu kaufen, aber Kálmán war ungeduldig und drängte zur Eile. Er wollte weiter, um jeden Preis. Deshalb wechselten wir wieder die Plätze und fuhren bei Mondschein die Donau entlang, und dabei hätten wir bei Tata fast ein Reh mitten auf der Straße übersehen.

Gegen vier war Visegrád erreicht und wir stiegen vor der Einfahrt zum Gartenhaus seiner Eltern aus.

Hineingehen, rufen und an die Fensterscheibe klopfen? Wir überlegten hin und her, aber am Ende beschloss Kálmán schweren Herzens, der Familie noch ein paar Stunden Ruhe zu gönnen, während wir uns draußen auf einer Sitzbank zum Schlafen einrichteten.

Als die Uhr des Kirchturms hinten im Ort siebenmal geschlagen hatte, standen wir auf, stapften durch das feuchte Gras und klopften zaghaft an die Haustür.

Zuerst erschien Kálmán, der Ältere, ebenso groß wie sein Sohn. Er hatte einen roten, orientalischen Fez mit Quaste auf dem Kopf und im Gesicht eine Menge weißen Rasierschaum.

Noch heute sehe ich den Alten mit offenem Mund und gefalteten Händen dastehen und mit dem ungläubigen Blick, den Maria gehabt hatte, als sie Ostern das Grab leer fand. Und die beiden Kálmáns: Wie lange sie sich umarmt und geküsst haben, das war schon eine kleine Ewigkeit.

Später kamen auch Bruder Endre und die Mamá und dann auf seinem Mofa der Briefträger mit unserem vier Tage alten Telegramm aus Saarbrücken.

Paprikasalami haben wir dann gegessen, einige Flaschen *Tokajer* und *Pálinka* getrunken und uns immer wieder ungläubig angeschaut.

Reden, trinken, essen und über Geheimdienst und Kommunisten fluchen – so ging das bis zum Abend, und dann erinnerte sich Kálmán, dass uns noch unsere Registrierung bei der Polizei der Nachbargemeinde bevorstand.

- Rechne mal mit drei, vier Stunden alles in allem, sagte Endre, und für die Abmeldung am letzten Tag noch einmal dasselbe.

Er hatte nicht übertrieben: Ticket ziehen, Schlange stehen und Bittsteller vor dem Schalter einer böse blickenden Polizistin mit Damenbart, die gerade ihre Kaffeepause hatte, das braucht schon seine Zeit, besonders in Ungarn.

Immerhin: Wir bekamen unseren Stempel, zahlten die Gebühr und gingen hinüber zu der Donaupromenade, um *Lángos* mit Knoblauchcreme zu essen und den vorbeifahrenden Schiffen zuzuwinken.

Am Ende stiegen wir in den Wagen und fuhren nach Budapest, und Kálmán verrenkte sich den Hals und rieb sich die Augen, weil er die Stadt nicht wiedererkannte.

- Zehn Jahre sind eine lange Zeit, die können eine Stadt schon verändern, sagte er, - und ich bin sicher, auch die Menschen.

Als wir an einer Telefonzelle vorbeikamen, stoppte er.

- Nur eine Ex-Freundin von damals, sagte er, - mal sehen, ob sie noch lebt und Telefon hat.

Sie lebte noch und Telefon hatte sie auch, wie ich seiner Miene entnehmen konnte.

- Wer ist sie?, wollte ich wissen.

- Sie heißt Éva, sagte Kálmán, - komm mit, wir werden uns in einem Lokal in der Nähe treffen.

Der Laden hieß *Bella Italia*, und er heißt noch immer so, wie ich letzte Woche festgestellt habe. Die einfacheren Tische für jedermann waren drinnen, die besseren mit dem Ruffino-Wein in der Bastflasche draußen auf der Terrasse und exklusiv für Westgeld-Touristen. Wir haben nicht lange gewartet, da erschienen sie schon:

Die dunkelhaarige Éva und mit ihr Cica, eine Freundin mit blonder Streichholzfrisur und einem kurzen braun-weiß geblümten Kleid. Sie setzten sich uns gegenüber hin, lächelten und schauten uns an.

- Was für ein Glück, dass wir uns noch getroffen haben!, sagte Éva. - Ich war bereits raus aus der Tür, da habe ich noch das Telefon gehört. Fünf Sekunden später und ich war weg, ich war schon auf dem Weg ins Kino.

- Kino, welchen Film wolltet ihr sehen?, fragte Kálmán.

- Eine ungarische Komödie, sagte sie.

- Heißt: *Der Spatz ist auch ein Vogel.* Eine Persiflage auf die Ostblockländer.

Und dann überlegte auch ich mir einen angemessenen Ostblock-Einstieg.

- Heißer Tag heute, muss ich wohl zu Cica gesagt haben oder so etwas in der Art, aber sie schüttelte ihren Kopf, weil sie außer Ungarisch nichts verstand, auch kein Russisch. Das hatte sie zwar acht Jahre im Gymnasium gelernt, aber gleich wieder vergessen. Verständlich, wenn man nur *Die Reisen des Genossen Lenin durch die Schweiz* gelesen hat und Gogol und Dostojewski verschwitzt.

- *And what about English?*, fragte ich Cica aufs Geratewohl.

- *English, yes a little bit*, sie nickte. Damit hatte sie gerade vor einigen Wochen bei einer Privatlehrerin angefangen.

Immerhin etwas, dachte ich mir, reicht zwar noch nicht ganz für James Joyce, aber für *Micky Mouse* könnte es gehen. Und dann erfuhr ich nach und nach, dass sie Einzelkind war, bei ihren Eltern wohnte, Lehrerin an einem Gymnasium war, in ihrer Freizeit Basketball spielte und Urlaub in der CSSR und in Jugoslawien gemacht hatte — eine Menge Details für einen heißen Nachmittag.

Und die Russen und die Kommunisten?, wollte ich wissen.

Sie rümpfte die Nase und schüttelte kaum merklich den Kopf, aber eine Donauschiffahrt, das wäre eine gute Sache, meinte sie, wobei ihre grünen Augen aufleuchteten.

So machten wir eine wunderbare Tour, hinauf nach Esztergom und wieder zurück.

Vielleicht wären wir noch weitergefahren bis zum Nordkap oder ans Ende der Welt, aber da es dunkel wurde, gingen wir stattdessen ins Freilichttheater auf der Margaretheninsel zu einer Opernaufführung.

Es ist ein stimmungsvoller, romantischer Abend mit einem bleichen Mond hinter den Akazien und einer noch bleicheren *Madame Butterfly* auf den Brettern, die ein Wiegenlied für ihr Kind singt. Und wie sie gerade bei dem hohen F angekommen ist, hört man von Cica einen fürchterlichen, alles durchdringenden Schrei, so laut, dass die Musik auf der Bühne erstirbt und *Butterfly* mit offenem Mund stehenbleibt.

Alles dreht sich um zu der Missetäterin, aber die schreit weiter und deutet entsetzt auf das Sakko eines Mannes in der Sitzreihe vor ihr, wo sich eine kleine gelb-grüne Raupe aufgerichtet hat und neugierig ihre Umwelt beäugt.

Eine Raupenphobie, schießt es mir durch den Kopf, und so habe ich mich vorgebeugt, das Tierchen mit dem Finger hinuntergeschnippst und die Situation gerettet. Cica hätte sich am liebsten in ein Mauseloch verkrochen und hat immer wieder *bocsánat!* gerufen, doch dann konnte *Cio-Cio-San* weitermachen mit ihrem Wiegenlied.

Ob ihr Kind am Ende eingeschlafen ist – ich habe da meine Zweifel.

Ein ähnliches Erlebnis tags darauf im Freilichtkino, wo sie den bekannten Kultfilm *Das Piano* zeigten. Vor uns auf der Bank ein bekannter ungarischer Schwergewichtsboxer mit seiner Freundin, der sich trotz zaghafter Pscht-Rufe aus dem Publikum nicht von blöden Bemerkungen und lauten Kommentaren abhalten ließ. Doch plötzlich lag er regungslos am Boden und seine Freundin begann laut zu kreischen und nach einem Arzt zu rufen.

Was war geschehen? Keine Raupe, nein, aber es gibt in dem Film eine Szene, wo der betrogene Ehemann seiner ungetreuen Gattin Ada vor Eifersucht den rechten Zeigefinger abhackt. Bei diesem Anblick ist unser Boxer ohnmächtig auf die Bretter gegangen, ganz ohne Punch.

Gott sei Dank war auch sogleich eine Ärztin da und hat ihn mit einer Flasche kalten Wassers wiedererweckt. Und der Kerl hat fortan ziemlich kleinlaut und in sich zusammengesunken dagesessen und sich geschämt wie ein Bettnässer, das werde ich nie vergessen.

Im Bella Italia dann noch eine Korbflasche Ruffino und, weil es unser letzter Abend war, eine schnulzige Abschiedsfloskel:

- War schön mit dir, wir sollten uns schreiben, und falls du wieder einmal …, melde dich, ich würde mich freuen.

Wer von uns beiden zuerst geschrieben hat: Ich weiß es nicht mehr, ich weiß nur, dass es viele Briefe waren, aber noch häufiger telefonierte ich, und weil Auslandsgespräche damals ein teures Vergnügen waren, habe ich ein paar Monate später lieber den direkten Weg gewählt und bin erneut zuerst nach Budapest und danach mit Cica ins istrische Opatia gefahren, wo wir im Hause einer kroatischen Partisanin a. D. wohnten.

Selbstverständlich war Cica als Angehörige eines Brudervolks dem Flintenweib hoch willkommen, wohingegen ich als Faschist sogleich unter Spionageverdacht stand.

Trotzdem sind wir bei der Dame geblieben und haben täglich Busausflüge auf die Inseln und in das Umland der Kvarner Bucht unternommen.

Nach zwei Wochen trauriger Abschied auf dem Bahnhof, wo der Ungarn-Express auf Gleis sieben und der andere nach Hamburg gleich gegenüber wartete.

Da habe ich ganz nebenbei gefragt, nicht *ob*, sondern *wann* wir heiraten sollten, und Cica hat ganz ohne Überraschung geantwortet: *Best time December next year!* und ist in ihren Zug gestiegen.

Also Dezember und Phase drei: Übersetzungen und Beurkundungen für die Eheschließung auf dem Standesamt, eine Menge Schriftkram, wo nach dem Mädchennamen der Mutter, Geburtsort des Großvaters und dergleichen mehr gefragt wird. Damit vergingen Monate, aber schließlich war alles unter Dach und Fach. Ich bekam meinen Sonderurlaub und tags drauf stand ich im Hamburger Hauptbahnhof und wartete ungeduldig auf den Zug nach Budapest.

- Erst eine Argentinierin und jetzt eine Ungarin, hast du dir das gut überlegt?, fragte mein Vater, der mich begleitet hatte, und als ich nickte, meinte er: - Du weißt, auch hier gibt es nette Mädchen, das wollte ich dir nur noch sagen.

Hochzeit

Es war ein kalter Dezembernachmittag mit vereisten Waggonkupplungen, Schneeverwehungen an den Bahndämmen, Treibeis auf den Flüssen und übelgelaunten Grenzposten bei der Passkontrolle. In der Nacht hatte ich vergeblich versucht zu schlafen und fühlte mich wie gerädert.

Cica erwartete mich schon auf dem Bahnsteig und lief aufgeregt neben den einrollenden Waggons her. Sie trug einen eleganten dunkelroten Wintermantel und dazu weiße italienische Stiefelchen, und ihr Haar – nicht mehr streichholzkurz, sondern mittellang, was ihr auch gut stand.

- Meine Eltern warten schon mit dem Tee, beeilen wir uns, meinte sie.

Wir nahmen ein Taxi und fuhren durch die Stadt, und als wir auf der Brücke nach Buda hinüberfuhren, sah ich spielende Kinder und Spaziergänger auf der zugefrorenen Donau.

Ihre Eltern, liebenswürdige Leute, die beide recht gut Deutsch sprachen: Papa Géza, früher Senatsdirektor und jetzt Nationaltrainer der Ruderinnen, wohl beleibt und gesellig wie alle Weintrinker, Mamá Kató, hager, streng blickend und nie ohne Zigarette. Wie Cica hatte sie Sport studiert und trainierte jetzt die Sprinterinnen der Nation.

Klar, dass sie wissen wollten, was ich machte, meine berufliche Perspektive und diese Dinge, und da ich noch immer keine Entscheidung getroffen hatte, kam keine vernünftige Unterhaltung zustande.

So blieben nur die Russen, die Kommunisten und der Geheimdienst ÁVO. Über die gibt es immer was zu reden.

Die Nacht war kurz und der Tag lang. Zuerst das Standesamt in Pest mit der üblichen Zeremonie: romantische Musik von Brahms zur Einstimmung, eine resolute Beamtin namens Ilona mit rot-weiß-grüner Schärpe am Trautisch und ihr gegenüber wir, das Paar, in frommer Andacht.

- Irányossy-Knoblauch, ein seltsamer Familienname, halb ungarisch, halb deutsch. Ilona schaute erstaunt auf.

- Ja, richtig, meinte Cica, - Adelsprädikat von Maria Theresia, eine Belohnung sozusagen, weil mein Urgroßvater damals im Freiheitskampf eine Menge Türken geköpft hat. Noch ein Kopf mehr und wir wären Grafen geworden.

Links hinter mir saß Ernö, mein Trauzeuge und Dolmetscher und hatte Schwierigkeiten, das Ehegelübde zu übersetzen.

- Egal, was sie sagt, die gute Ilona, meinte er, - es ist alles korrekt, ich habe es geprüft, und wenn ich dich anstoße, musst du nur *igen* sagen, einfach *igen*, das heißt *ja* auf Deutsch. Hast du das begriffen?

Ich sagte es, mein erstes Wort dieser so schweren Sprache, und beim Ringtausch wusste ich, es würde nicht das einzige Wort bleiben.

Draußen hatte es angefangen zu schneien und Cica fröstelte. Mit dem Taxi fuhren wir nach Haus, setzten uns neben die Heizung, tranken *Pálinka* und warteten auf den Rest der Gesellschaft: Ernö und Cica, Tante Dusi, Onkel Ferke mit Mincsu und Freundin Éva nicht zu vergessen.

- Beeilt euch mit dem Mittagessen!, sagte Géza, - nachher kommt die kirchliche Trauung, das wird ungemütlich werden.

- Ungemütlich?, ich verstand nicht.

- Ja ungemütlich, meinte er. - Die Kirche ist nicht geheizt, darum trinkt viel *Pálinka*, das gibt Wärme von innen.

Als die Dunkelheit hereinbrach und die Glocken läuteten, brachen wir auf, vorbei an den Tennisplätzen und der Eislaufbahn.

- Ein Umweg, was soll das?, wollte ich wissen, weil mir Cica in ihrem dünnen Mäntelchen leid tat.

- Sehr wichtig, sagte Géza, - wir müssen die Stasi-Schnüffler abschütteln. Sie spionieren überall herum, und wenn sie herausfinden, dass ich in die Kirche gehe, bin ich unzuverlässig und kann unseren Ruderwettkampf in Chalons und Lyon vergessen und Kató den LA-Europacup in Wien.

Auf den letzten Drücker kamen wir in der Kirche an, wo Onkel Bandi, der Priester, mit glänzendem Gesicht und etwas angesäuselt schon wartete.

Großzügig und gegen Zahlung einer Extragebühr war er bereit, die Messe abzukürzen, denn Ernö klapperte mit den Zähnen und Cica bibberte vor Kälte. Es war eine schöne Feier, bei der Onkel Bandi sein Bestes gab, und beim Ausgang wieder Küsse und Umarmungen von Leuten, die ich nie gesehen hatte.

- Wer, zum Teufel, war das eben, der mit dem Schnauzbart und den großen Ohren?

- Keine Ahnung, Géza hob die Schultern, - das habe ich mich auch gefragt. Würde mich nicht wundern, wenn das wieder so ein Stasi-Spion war, *Fene egye meg!*

Das war´s! Ende der Feierlichkeiten und Rückzug in Évas Wohnung, die kälter war als ein lappisches Schneehotel in Jokkmokk. Ich musste ausschlafen und tags drauf zurück, weil mein Sonderurlaub vorbei war.

Und Cica? Natürlich noch keine Ausreise. Übersiedlung in das kapitalistische Ausland erst nach einem Jahr Wartezeit, so wollte es das Gesetz.

Und dann standen wir wieder am Westbahnhof, Bahnsteig zwei, fast an derselben Stelle, wie vor zwei Tagen. Auch der Expresszug nach Hamburg war derselbe, aber diesmal hatte ich ein Abteil für mich allein und konnte schlafen, soviel ich wollte, und ich wollte eine ganze Menge, das können Sie mir glauben.

Am Rhein

In Lübeck veränderte sich mein Leben, denn verheiratet lebt man anders, aber ob besser, das würde sich noch herausstellen.

So hielt ich mich auf dem *Riverboat* zurück, so gut es ging, aber es ging nicht immer gut. Außerdem hatte ich noch immer nicht entschieden, ob ich nach meinem zweiten Staatsexamen Talarwedler oder Verwaltungshengst werden sollte.

Schließlich wurde ich Mitarbeiter für lateinamerikanische Weltwirtschaft beim Düsseldorfer Handelsblatt. Das reizte mich mehr, obwohl es mit Juristerei wenig zu tun hatte, und ich kriegte den Job, weil der Chefredakteur wie ich Argentinienfreak, Bridgespieler und River-Plate-Fan war.

In zwei Jahren habe ich gelernt, wie man schreibt, habe zweimal mit einem Minister und dreimal mit einem Staatssekretär gefrühstückt, bin viel herumgereist, und hätte das Blatt nach seinem Weiterverkauf nicht das Profil verändert: Ich würde noch immer an lateinamerikanischen Auslandsausgaben basteln und nachmittags in der Druckerei den Umbruch machen.

Eines Tages traf ich auf der Königsallee John wieder, einen verrückten Urwaldarzt, den ich Jahre zuvor in Buenos Aires kennengelernt hatte. Wie mich hatte es auch ihn nach Düsseldorf verschlagen, eine ungewöhnliche Fügung des Zufalls, wie wir übereinstimmend feststellten.

Deshalb beschlossen wir, mitzuspielen und Freunde zu werden. Seitdem haben wir fünfzig Jahre lang Kontakt gehalten, haben gemeinsam Hochzeiten, Taufen, Ostern oder Silvester gefeiert, gesungen und musiziert, und wenn es nichts zu feiern gab, haben wir nächtelang in den Hängematten geschaukelt, da oben den Kopf des Großen Bären gesucht und uns über das Schicksal, den freien Willen und die Güte Gottes die Köpfe heißgeredet.

Dann schrieb die Duisburger Gerhard-Mercator-Universität eine Professur für Öffentliches Recht aus. Ich bewarb mich, erschien zum Vorsingen, traf den richtigen Ton und komplettierte fortan die Fakultät.

- Meine Glückwünsche!, sagte Kálmán, den ich angerufen hatte. - Uniprof, da bist du ein kleiner König mit Sekretärin und drei Assistenten, die die Arbeit machen. Du kommst zweimal die Woche zu deinem Seminar und hast sechs Monate Semesterferien. Was willst du mehr?

Eigentlich nichts, überlegte ich, aber ich hatte die Achtundsechziger vergessen, finster blickende marxistische, antiautoritäre, antiamerikanische und antifaschistische Gesellen. Sie standen immer backbord, egal, woher der Wind wehte, und als ich des Gleichgewichts wegen mit denen von Steuerbord anbändelte, verließen sie demonstrativ den Hörsaal, wurden meine Feinde und verbarrikadierten die Eingangstür. Was tun?

- Weg da, mich sperrt keiner aus!, habe ich gerufen und mich auf ein Gerangel eingelassen, aber da sie zu dritt waren, zog ich den Kürzeren.

Das war der Anstoß zu meiner Taekwondo-Karriere: Zehn Jahre lang dreimal wöchentlich Training mit wilden Türken und grimmigen Kurden, Bruchtests, Zweikämpfe und am Ende der Schwarze Gürtel. Jetzt konnten sie kommen, die Brüder. Doch sie änderten ihre Strategie, schrieben Drohbriefe (*„Wir wissen, wo du wohnst und beobachten jeden deiner Schritte"*) und stellten mich an den Pranger. *„Er verkauft gute Noten gegen Sex",* schrieb die autonome *Schwubile-Gruppe* auf Plakaten und Mensa-Flugblättern. Alles frei erfunden, aber anonym und zermürbend, denn gegen einen unsichtbaren Feind kämpft selbst Bruce Lee vergeblich.

An der Universität hatte ich jetzt einen neuen Kollegen kennengelernt: Fred, Soziologe, kraushaarig, scharfsinnig und sehr zurückhaltend.

- Verstehen Sie mich nicht falsch, ich bin Achtundsechziger, sagte er einmal.

- Damit werde ich leben müssen, meinte ich, - denn ich bin Vierundsechziger, wenn Sie so wollen.

- Und das heißt politisch?

- Das heißt, dass ich 1964 laut *bravo!* gerufen habe, als die Militärs in Brasilien den linken Präsidenten Goulart zum Teufel geschickt haben.

- Gut zu wissen. Überlegen wir, wie wir miteinander umgehen: das Problem ausdiskutieren oder ausklammern?

- Ausdiskutieren, ich schüttelte den Kopf. - Ich habe es hundertmal mit Weltverbesserern probiert, aber wir sprechen nicht dieselbe Sprache.

- Dann bleibt nur ausklammern, oder?

Und als ich nickte, schüttelten wir uns die Hände und umarmten uns, und im Herbst sind wir zusammen nach

Portugal und im Jahr drauf nach Andalusien geflogen und haben nachts im Doppelzimmer von Bett zu Bett diskutiert: Über den Staat und die Frauen, besonders die seine.

- Da läuft schon lange nichts mehr mit Almuth, meinte er, - da kann ich machen, was ich will. Alles wegen Schorsch, dem neuen Liebhaber, ein netter Kerl übrigens, aber fünfzehn Jahre jünger.

- Dann lass dich scheiden und fang ein neues Leben an!

- Ehescheidung? Er schüttelte den Kopf. - Da kennst du Almuth nicht, das würde sie nie mitmachen, weil sie ihre Pensionsansprüche verlieren würde.

- Dann such dir eine Freundin, damit du auf andere Gedanken kommst.

- Hab ich gemacht und eine nette Kellnerin gefunden. Sie ist schwer verliebt, aber …

- Aber?, fragte ich.

- Aber sie ist sehr jung, da trennen uns Welten. Hier, lies ihre Briefe, dann wirst du verstehen.

Und dann warf er mir einen Stapel handgeschriebener Briefe herüber.

- Aber ich habe eine andere Idee, fuhr er fort. - Was ich bräuchte, das wäre eine – lach nicht! – eine Ungarin, so wie du sie hast. Ungarinnen sind temperamentvoll, aufgeschlossen und hübsch und …

- Sie tanzen Csárdás, kochen *Paprikás-Gulyás*, trinken *Pálinka* und heißen Marika, vielleicht Rökk mit Nachnamen, ergänzte ich. Wir redeten noch weiter, über Studentendemonstrationen und diese Sachen, doch die Idee von der Csárdás tanzenden Ungarin wollte mich nicht loslassen. Deshalb rief ich gleich nach unserer Rückkehr Erzsébeth, eine Bridgefreundin, an. Ob sie nicht eine Ungarin wüsste: temperamentvoll, aufgeschlossen und hübsch.

Klar, dass sie eine wusste, denn Erzsébeth weiß immer alles, sogar wo sich der Karo König versteckt hat.

In ihrem Garten organisierte sie deshalb eine kleine Gulaschparty, lud ein Dutzend Düsseldorfer Ungarn ein, dazu die attraktive Klára, und dann konnte die Kuppelshow beginnen: *Linker Prof sucht hübsche Magyarin.*

Wie immer kam Fred zu spät. In seinem ledernen Motorradfahrerdress stand er in der Tür, durchgeschwitzt und eine Gauloise zwischen den Lippen, während Klára neugierig hinten, bei den Blumenrabatten wartete.

Vorher hatte sie stundenlang im Gäste-WC gestanden und sich aufgedonnert wie ein Budaer Burgfräulein: langes weißes Gewand und schwarze Damenhandschuhe, graue Haarsträhnen, genügend Make-up, eine dunkle Sonnenbrille und ein eleganter heller Strohhut mit weißer Schleife. Dazu rauchte sie, ganz *femme fatale* blonde Lady-Zigaretten mit Spitze.

Es brauchte nicht allzu lange und schon hatte sie sich an den anderen vorbei zu Fred gedrängt, ihn am Arm gefasst und wie einen alten Freund abgeküsst. Sicher hätte sie ihn auch noch auf Französisch begrüßt, aber in ihrem Budapester Gymnasium hatten sie nur Russisch als Fremdsprache.

Wie die Geschichte ausging?

Sie können es sich vorstellen. Fred wurde unsicher und verwirrt, rauchte wie verrückt eine nach der anderen und glitt immer wieder ab in blöde Themen wie Verbraucherschutz und Steuergerechtigkeit. Als er dann noch alle Autofahrer wegen Umweltvergiftung an die Wand stellen wollte, wandte sich Klára ab. Sie hatte ein ängstliches Wesen und seit sechsundfünfzig reagierte sie allergisch auf Schusswaffen. Ich hätte es ahnen müssen und versuchte zu vermitteln, aber ohne Erfolg.

Inzwischen war es Abend mit Vollmond geworden und Zeit zu gehen. Glauben Sie, dass irgendjemand Anstalten machte aufzubrechen? Im Gegenteil: Für die meisten schien die Party erst angefangen zu haben, und das hatte wohl auch mit dem Pálinka zu tun.

- Ich spiele jetzt *Auld Lang Syne*, dieses schottische Abschiedslied, da rafft sich jeder auf, wetten?, meinte Erzsébeth.

Hätte ich nur gewettet! Sie ließ es dreimal laufen, aber niemand wollte aufbrechen. Im Gegenteil: Einige begannen sogar mitzusingen und laut *da capo!* zu rufen.

Da hatte Freund Attila die Idee seines Lebens. In seiner ganzen Leibesfülle stellte er sich laut singend neben dem Lautsprecher auf, begann mit den Hüften zu kreisen und seine Kleider auszuziehen: Pullover, Jeans, Krokohemd, Schuhe …, sogar seine Unterhose sparte er nicht aus, und als er pudel- und splitternackt dastand, waren die meisten gegangen, da war die zweite Strophe noch nicht beendet.

- Attila, du bist ein Held und trägst deinen Namen nicht

ohne Grund! Du hast uns den Schlaf vor Mitternacht gerettet und bei deiner Vorführung gezittert und gefroren wie ein Schlosshund. Darum lasst uns die Pálinkaflasche nehmen und einen Schluck auf deine Gesundheit trinken – und auf die gesamte ungarische Nation in der Puszta und anderswo: *Egészségedre!*

Ungarn, schon wieder

Im Frühling war auch Cica mit vier großen Koffern und einigen Holzkisten voller Geschirr, Gläser und Silberzeugs aus Ungarn übergesiedelt.

- Gott sei gedankt, dass ich hier bin! sagte sie, - du kannst dir nicht vorstellen, was los war in den letzten Monaten.

Und dann erzählte sie, wie man ihr an ihrer Schule wegen ihrer Westkontakte das Leben zur Hölle gemacht hatte: Disziplinarkonferenzen, Spießrutenlaufen und andere Schikanen.

- Und hinter allem steht der neue Parteisekretär, ein harter, karrieregeiler Hund, der hat alles inszeniert, ein Wunder, dass er mich nicht angespuckt hat, dieses *Faszfej!*

- Aber alles in allem ist es ja ganz gut gelaufen, sagte ich, - jedenfalls besser, als wir es uns damals vorgestellt hatten.

- Fast alles, Cica überlegte. - Was noch fehlt, wären Kinder, denn eine Ehe ohne Kinder ist wie ein Gulasch ohne Paprika.

- Schöner Spruch, meinte ich, - aber zu ungarisch und zu profan. Wie wäre es mit: Eine Ehe ohne Kinder ist wie eine Welt ohne Sonne?

Das überzeugte sie, und als unser Töchterchen geboren wurde, war die Sonne aufgegangen in unserem Leben, und sie schien ganz hell, als unser Sohn ein paar Jahre später auf die Welt kam. In der Zwischenzeit hatte Cica ganz gut Deutsch gelernt und konnte jetzt ohne größere Probleme ein Bier oder ein Glas Weißwein bestellen.

Das genügte zuerst für einen Aushilfsjob als Verkäuferin in einer Boutique und als Mannequin auf dem Laufsteg. Später ist sie schließlich Lehrerin in einem Düsseldorfer Gymnasium geworden.

Wir sprachen mit den Kindern ungarisch, wann immer es ging, hatten eine Menge ungarische Freunde, waren Mitglied im Magyarenclub und fuhren in den Ferien in die Puszta.

Einmal im Spätherbst sind wir wieder einmal in Budapest und schlendern durch die Altstadt auf der Suche nach einem Restaurant. Es ist Abend, ein kühler Wind bläst von der Tiefebene herüber und unter den Arkaden treffen wir auf ein junges Paar mit Kind. Irgendwie schmuddelig und ungepflegt scheinen sie auf uns gewartet zu haben.

- Hallo, sagt der Mann, so einer mit schütterem, blondem Kinnbart und fettigem Haar, ob wir nicht wüssten, wo das ungarische Auffanglager für DDR-Flüchtlinge wäre.

Wissen wir nicht, woher auch. Wie, zum Teufel, soll einer aus Düsseldorf wissen, wo die Magyaren unsere Ossis untergebracht haben. Aber Cica fragt einen Polizeimenschen, und der weiß es: Das Malteser-Lager oben in den Bergen, zuerst mit dem 42er-Bus, dann umsteigen am Moskauer Platz und weiterfahren mit der Straßenbahn 3 Richtung Wasweißich und, und, und.

Und der DDR-Mann versteht nur Bahnhof und sein Mädchen noch weniger, und das Kleinkind beginnt zu heulen, weil es immer Angst vor der Polizei hat. Da hat Cica nicht lange überlegt und alle drei spontan in das nächste Restaurant eingeladen, so ein Touri-Laden war das mit Zigeunermusikern, die Geige, Akkordeon und Zimbal spielten.

Zuerst wollten die drei nicht mit hinein: zu fein der Laden und zu schäbig ihr Outfit. Aber als ich mich ins Zeug legte, sind sie doch mitgekommen, und der Manager hat uns den allerletzten Tisch ganz hinten in der Ecke zugewiesen, wo wir nicht so auffielen.

Da saßen wir nun, starrten uns an und nannten unsere Namen. Die Drei – Volker, Dora und Jakob – hatten noch nie Westler von nahem gesehen und wussten nicht so recht, wie sie sich verhalten sollten.

- Entschuldigung, dass wir hier so murklig durch die Gegend rennen, sagte Volker, - aber wenn Sie wüssten: Wir haben eine abenteuerliche Reise hinter uns.

Und er erzählte: Mit einem tschechischen Ausflugdampfer auf der Elbe, bei Kolín an Land gegangen, Versteck und Nachtquartier in den Maisfeldern und weiter Autostopp Richtung Ungarn: drei Menschen, drei Tage und drei Nächte.

- Und jetzt müssen wir nur noch das Malteser-Lager finden, und danach …, ich hoffe, die Ungarn werden nicht schießen, die werden uns durchlassen nach Österreich, und von dort gehen wir weiter nach Bayern und ich krieg einen Job als Elektroingenieur und Dora als Ökonomin, das haben wir schon gecheckt.

- Sehr gut, ich drücke euch die Daumen, sagte ich, - aber bevor wir rauf fahren in das Lager, sollten wir was essen, damit ihr nicht vom Fleisch fallt.

- Nix! Volker schüttelte den Kopf. - Es gibt noch Brote im Rucksack und außerdem …, sie haben zwei SB-Restaurants in dem Malteser-Lager, habe ich gehört, da sollten wir nicht mit vollem Magen ankommen.

Schließlich haben wir doch noch eine große Schüssel ungarischer Gulaschsuppe bestellt und die drei haben reingehauen wie die Scheunendrescher, sogar der kleine Jakob konnte nicht genug kriegen von dem scharfen Zeugs.

Als wir losfuhren, wurde es dunkel in den Budaer Bergen, und wir brauchten ziemlich lange, ehe wir das *Pionierlager* der Malteser gefunden hatten.

Cica stieg aus, um alles klar für die Aufnahme zu machen. Da öffnete sich die Tür des Schilderhauses und eine Dame kam herausgelaufen.

- Herzlich willkommen in der Freiheit!, rief sie auf Deutsch, breitete ihre Arme aus und wollte Cica umarmen.

- Nicht ich, die drei in dem Auto, sagte Cica und schüttelte den Kopf, - aber die sind eingeschlafen. Waren wohl zu erschöpft.

Wir weckten sie, gaben ihnen unsere Telefonnummer und nahmen Abschied. Später hörten wir im Radio, dass Ungarn noch in derselben Nacht, am 10. September ´89, allen DDR-Bürgern die Ausreise nach Österreich gestattet hatte.

- Das hätten sie auch einfacher haben können, die drei, überlegte Cica.

- Einfacher schon, sagte ich, - aber nicht so abenteuerlich.

Klar, wir hielten weiter Kontakt mit ihnen. Sie besuchten uns in Düsseldorf und luden uns später zu ihrer Hochzeit in Nürnberg ein, wo Volker einen guten Job als Serviceingenieur mit Dienstwagen und allem Pipapo gefunden hatte.

Es wurde ein netter Polterabend mit viel Pilsener Urquell und Budweiser. Gegen Mitternacht wollte er einem der Gäste die Abkürzung zur A6 zeigen. Er ist mit seinem Opel vorausgefahren, blöderweise direkt in eine Polizeikontrolle, hat den Alkoholtest vergeigt, seinen Führerschein verloren und Job und Dienstwagen dazu. Auch die Hochzeit musste er auf unbestimmte Zeit verschieben, und jetzt schuftet er auf Montage in einem Kaff in Niedersachsen, wo sie die Ossis nicht mögen, jedenfalls nicht übermäßig.

Im Jahr drauf wieder in Ungarn und ein anderes Erlebnis, diesmal an der Grenze, wo wir uns auf dem Parkplatz wie üblich die Beine vertreten. Und als wir weiterfahren, kommt ein sonderbarer Typ angelaufen, winkt und ruft laut *Cicuska!*.

- Den kenn ich doch, sagt Cica und bleibt stehen. Und der Kerl lächelt irgendwie blöd und verlegen und fragt, ob wir nicht zufällig nach Budapest fahren und ihn mitnehmen können in unserem Mercedes.

- Können wir schon, sagt Cica, tun wir aber nicht.

Sie dreht sich um, lässt ihn stehen, und ich soll raten, wer der Kerl ist.

- Keine Ahnung, ich hebe die Schultern.

- Wie soll ich das wissen? Außerdem sehen sie eh alle gleich aus, die Magyaren, wenn sie einen Schnurrbart tragen. Also: Wer war's? Sag du!

- Wer es war, soll ich dir sagen? Sie grinst übermütig. - Das war dieser *Faszfej*, Parteisekretär von meiner Schule, habe ich dir doch erzählt die Story, oder?

Ja, seitdem der Eiserne Vorhang gefallen war, hatte sich vieles verändert und unser Leben floss gemächlich dahin zwischen Düsseldorf und Budapest.

Und weiter?

- Nichts weiter, sage ich, - niente, nada.

Irgendwann ist man im Hafen der Ehe angekommen, da wird geankert, aber nicht herumgemacht. Und wenn es einen tatsächlich juckt, dann zieht man wieder die Gaucho-Stiefel an und fliegt nach Südamerika, am besten mit einem Freund oder guten Kumpel: Mit Yves, dem bretonischen Fischer, dem schnurrbärtigen Bert oder Béla, dem verrückten Doktor. Wieso verrückt?

Nun ja, stell dir vor, du gehst mit Béla durch die *Catedral de Santa Maria de la Sede* in Sevilla, bewunderst die Kirchenfenster und lauschst andächtig dem leisen Spiel der Orgel. Und was tut er, der Oberverrückte? Er verdreht die Augen und schwärmt mir vor von den Dessous seiner Geliebten Ines.

- Heute ist Mittwoch, das ist der Tag, da trägt sie immer Schwarz, meint er.

- Stimmt nicht, bluffe ich, letzte Woche hast du Pink gesagt, Schwarz, das war die Unterwäsche deiner Frau.

Worauf er meinen Arm fasst, mich aus der Kathedrale zieht, hin zu einer Telefonzelle, die Dame Ines in ihrer HNO-Praxis anruft und es noch einmal genau wissen will.

Fall es jemanden interessiert: Selbstverständlich hatte Béla wieder einmal recht gehabt mit den Dessous, und als er kurz danach an der Avenida eins von diesen neuen Mini-Auto parken sah, ist er stehengeblieben und hat das staubige Scheißding umarmt und geküsst.

- Bist du noch bei Trost?, habe ich gefragt.

Und er hat wieder verzückt die Augen geschlossen und den Kopf zurückgelegt.

- Genauso ein Auto besitzt Ines, hat er gemurmelt. - Verdammt, den ganzen Tag muss ich an sie denken!

FAMILIENREISEN

Hast du Familie, musst du reisen, weil einem Mitglied immer der Hintern juckt: Neunundzwanzig Länder zwischen Kirkenes und Istanbul habe ich gezählt, und nach dem Zerfall Jugoslawiens sind es ohne unser Zutun einunddreißig geworden, einunddreißig Länder, aber ohne Hitchhiking und Übernachtung auf Parkbänken. Und ohne das hübsche Sommerhaus der Schwiegereltern in Buda wären wir vielleicht auf vierzig gekommen.

Schwarzes Meer

1975 war es in Budapest höllisch heiß und wir mussten umdisponieren.

- Macht nichts, es gibt ja noch den *Club Méditerranée* am Schwarzen Meer, meinte Cica und blätterte in einem Reiseprospekt. - Ist zwar ziemlich weit und gefährlich wegen der Ziegenherden und unbeleuchteten Ochsenkarren auf rumänischen Autobahnen, aber egal: Schadet nix, wenn die Kinder auch sowas mal kennenlernen.

Am ersten Tag sind wir wegen der rumänischen Grenzschlampereien nicht sehr weit gekommen, aber wir waren flexibel und landeten in einem Luxushotel, wo aus unerfindlichen Gründen jeder Autofahrer, wenn er parkt, seine Scheibenwischer entfernt und in der Aktentasche mit sich nimmt. Scheint hier so Sitte zu sein wie das Schuhausziehen in einer Moschee.

Drinnen, an der Rezeption die schönste Frau Rumäniens,

die Liebenswürdigkeit in Person und perfekt dreisprachig. Natürlich hatte sie noch ein First-Class-Zimmer mit Blick auf die Karpaten. Und die Küche? Immer offen bis Mitternacht, *jusqu'à minuit, Monsieur.*

Eine gute Nachricht, dachte ich, und wir gingen hinunter mit der ganzen Mannschaft in den Speisesaal, wo sich jeder sein Lieblingsgericht aussuchte.

- Forelle Müllerin Art? Der Kellner bedauerte mit unglücklichem Gesicht und schüttelte den Kopf, und das Gleiche wiederholte sich, als wir Wiener Schnitzel, Paprikahähnchen oder Gulasch orderten.

Schließlich verlor Cica die Geduld. Was er denn überhaupt anzubieten habe, wollte sie wissen, worauf der Kellner mit den Schultern zuckte: *semmi, nothing, rien.*

Nun ja, kann schon mal passieren so etwas, das ist eben sozialistische Planwirtschaft. Aber ein Salamibrot für jeden, das konnten sie noch herbeizaubern und als Getränk reines Karpaten-Quellwasser und rumänischen Cognac, der war hervorragend, da gab es nichts zu kritteln.

Trotz vieler Widrigkeiten erreichten wir tags drauf Sliven, die Stadt der Pomaken und bulgarischen Muslime, und schließlich Burgas am Schwarzen Meer. Von der Stadt selbst haben wir nichts gesehen, denn der *Club Mediterranée* liegt versteckt in einer Bucht, und wer hinein oder hinaus will, muss erst einen Schlagbaum mit zwei griesgrämigen Polizisten passieren.

Und was das Schwarze Meer anbelangt: Es hat mit dem *Méditerranée* so wenig gemein wie Eisenhüttenstadt mit Portofino.

Seine Farbe ist nicht schwarz, sondern schmutziggrau und algengrün, und im Hintergrund siehst du statt dümpelnder Boote der Capri-Fischer eine Armada russischer und bulgarischer Öltanker auf ihrer Fahrt nach Krasnodar oder Odessa.

- Egal, meint Cica, ich geh eh nicht rein, weil ich eine Wasserschlange gesehen habe. Hab keinen Bock, mit der zusammenzutreffen.

Am Ende ist es ein typisch französischer Club-Urlaub geworden mit Tennisspielen, Fahrradfahren, Bogenschießen und Wasserski, und wer Lust hatte und Französisch verstand, der ging am Abend ins Clubtheater, wo ein *Gentil Animateur* oben auf der Bühne Charly Chaplin parodierte.

Brasilien

Im Jahr drauf war Brasilien angesagt, aber nicht Rio und die *Copa Cabana* – *nada!* Ohne Kinder flogen wir in den Norden, nach Pernambuco und gerieten unverhofft in den Karneval von Olinda mit seinem ausgelassenen Treiben. Das Meer war warm, das Hinterland glutheiß wie die Sahara, und ein totgefahrener Gaul neben der Straße wartete auf den Abdecker. Wetten, dass er noch immer dort liegt?

Abends saßen wir mit einem *Caipirinha* am Ufer des *Río Goiana* und warteten, bis hinter der Flussbiegung ein Nachen erschien. In seinem Bug ein hünenhafter Saxophonspieler mit schulterlangem Haar, der blies den Bolero von Ravel und verschwand langsam in der untergehenden Sonne. Und später … Tagesabschluss im Mondlicht: *Die Leidensgeschichte Christi* auf der Freilichtbühne von *Nova Jerusalém* und unser Nachtlager im Steinbett der *Pousada Madre de Dios*.

Kalifornien

Ein Wahnsinnsland Brasilien: riesig, heiß und wild. Aber Cica hatte Einwände.

- Zu viel Lateinamerika für meine Begriffe, meinte sie. - Warum immer nur Argentinien, Mexiko, Venezuela und Brasilien? USA blendest du aus, und dabei gibt es so viel Spanisch in Texas, Arizona und Kalifornien, mehr als zwischen den Windmühlen von Kastilien.

Sie hatte recht, und so beschlossen wir, im Jahr drauf nach Kalifornien zu fliegen: Golden Gate Bridge, Big Sur, Death Valley und diese Sachen. Wir kamen in Los Angeles an, mieteten einen Chevy und dann konnte es losgehen.

- Wohin sollen wir fahren?, wollte Cica wissen.

- Keine Ahnung, ich zuckte die Schultern, - fahren wir mal Richtung San Bernardino, da soll es schön sein: San Bernardino Valley, Bernardino Mountains, Mojave-Wüste, Route 66 und all diese Sachen. Außerdem klingt es so schön spanisch: *San Bernardino*, versuch's mal, du musst die beiden R auf deinen Lippen zergehen lassen.

Sie versuchte es, und in der Tat: Es waren zwei schöne R, die sie sprach. Und ebenso schön und angenehm war unsere Fahrt: Sonniges Wetter, gute Highways, hervorragende Beschilderungen und freundliche Kinder, die am Straßenrand Datteln, Beeren und Weintrauben feilboten.

Am Nachmittag erreichten wir die Stadt und fanden auch sogleich ein idyllisch gelegenes Hotel.

Aber leider war es belegt, so wie fünf, sechs, alle weiteren Hotels, bei denen wir anklopften. Grund: Ein internationaler Ärztekongress.

Weiterfahren und weitersuchen? Vielleicht am *Lake Arrowhead* oder *Big Bear Lake?* Um Himmelswillen, wenn man sich nicht auskennt.

Doch dann hatte ich eine Idee. Mein Freund John hatte mir vor unserer Abreise ein paar Adressen amerikanischer Kumpels in Kalifornien gegeben.

- Alles nette Jungs, hatte er gesagt, - einfach mal anrufen, wenn ihr da seid und dann nicht vergessen, meine allerbesten Grüße auszurichten. Das schafft persönliche Kontakte und die braucht man bei den Yankees, ihr werdet sehen.

Ich blätterte in meinem Notizbuch, und in der Tat: Da war eine Adresse in San Bernardino: Prof. Dr. jur. Miklós Halász.

- Miklós Halász, ein Ungar. À la bonne heure! Das ist dein Job, sagte ich zu Cica und reichte ihr den Hörer.

Und sie begann zu reden, auf Ungarisch, nett und verbindlich wie bei unserer ersten Verabredung, und sie erzählte von John, unseren monatlichen Treffen und, und … und von der Hotel-Malaise in San Bernardino natürlich auch.

- Übrigens mein Ehemann ist Jurakollege von Ihnen, Europarecht, Völkerrecht und diese Sachen, sicher haben Sie schon was von ihm gelesen. Hatte er bestimmt. Wer hat das nicht! Aber es beeindruckte den guten Miklós nicht sonderlich.

- *My regards to John and wish you a good stay in San Bernardino County*, sagte er nach einiger Zeit, ziemlich arrogant und auf Englisch. Und dann legte er auf, einfach so.

Dass wir dann später doch noch eine Unterkunft gefunden haben, das war schon ein Glücksfall. Nicht schön der Laden, nicht sauber und ungemein stinkig wegen der brennenden Müllhalde direkt unter dem Schlafzimmerfenster. Und Kakerlaken gab es auch, mehr als Sie glauben.

- Wohin jetzt?, fragte Cica am nächsten Morgen.

- Gute Frage, sagte ich. - Jedenfalls nicht Big Sur, Seventeen Miles Drive, Lonely Cypress, und Disneyland schon gar nicht. Ich hasse diesen Tourikram.

Schließlich schlug ich vor, die Orte zu besuchen, die Chandler in seinen Romanen beschrieben hatte.

- Aber das war vor hundert Jahren, wandte Cica ein.

- Hundert Jahre, was sind hundert Jahre? Da geht eine Stadt nicht unter, es sei denn, es kommt wieder einmal ein Erdbeben.

Das überzeugte sie und so fuhren wir nach La Jolla, San Diego, San Clemente und diese Orte. Ein Hotel fanden wir überall, einmal sogar am Ende eines Stegs, der furchtlos in den Pazifik ragte.

Als wir uns zum Abschluss unseres Trips dem San Francisco County näherten, wurde sie plötzlich nachdenklich.

- Hattest du nicht damals in Argentinien eine Geliebte gehabt, so eine Studentin, die später nach San Francisco ausgewandert ist?

- Kann sein, sagte ich, - aber warum fragst du?

- Nun ja, du könntest sie anrufen und vielleicht ein Treffen organisieren.

- Was soll es bringen? Die Geschichte ist lange vorbei, dreißig Jahre und mehr, da hat man sich nichts mehr zu sagen.

- Man kann nie wissen, Cica überlegte. - Außerdem: Freundschaften soll man pflegen, hast du immer gesagt, oder?

- Vielleicht habe ich das, aber das sind andere Fälle: Coy, Kálmán, Béla, Cocu und die Jungs.

- Mag sein, aber anrufen ist kein Problem: Finger in die Drehscheibe, sechsmal drehen, und das war's.

Ob das eine gute Idee war, weiß ich nicht, und auch nicht, weshalb Cica auf dieser Geschichte herumritt. Wahrscheinlich war es verborgene Eifersucht und weibliche Neugier, die ja häufig Hand in Hand auftreten.

- Keine Ahnung, ob sie überhaupt noch lebt, und dann habe ich auch nicht ihre Telefonnummer, meinte ich.

- Versuch es einfach, sagte Cica. - Alles kann man dir nachsagen, aber im Telefonnummernheraussuchen bist du wirklich gut.

Wie recht sie hatte. In einer Bar – wie der Zufall wollte, hieß sie *La Argentina* – bekam ich ein mexikanisches Bier und ein Telefonbuch, so zerfleddert, dass man es mit Gummibändern zusammenhalten musste. Alicias Name, ganz hinten auf einer Seite, die ziemlich verklebt war.

Egal! Jetzt nur nicht schwach werden, sagte eine innere Stimme, eine von denen, die meist recht haben. Ich las die Nummer, schrieb sie auf und rief an.

- *Hello!* auf der anderen Seite, und eine Stimme, die ungeduldig klang und sehr amerikanisch.

- Da bin ich wieder, sagte ich, - hat etwas gedauert, aber was lange währt ...

- Wer ist das?, wollte sie wissen, und als ich meinen Namen nannte und von meiner Reise erzählte, sagte sie nur *Que loco!*, nichts weiter. Und in Gedanken sah ich, wie sie ihren Kopf schüttelte.

Wir verabredeten uns für den nächsten Tag in der Theaterklause und ich legte auf, weil ich nicht wusste, was ich weiterreden sollte.

Tags drauf waren wir, Cica und ich, in der Bodega, Punkt vier, wie besprochen, und ziemlich allein. Nur ein paar Theatermenschen saßen an der Bar und langweilten sich.

- Ist typisch für Alicia, sagte ich, - immer zu spät, lass uns warten!

Wir setzten uns an einen Ecktisch, bestellten einen Cocktail mit viel Eis und einem langen Strohhalm und warteten. Und als die Gläser leer waren, winkte ich nach dem Kellner.

- Lass uns gehen, sagte ich zu Cica, - eine halbe Stunde warten reicht.

- Meinst du? Cica überlegte. - Dahinten an der Bar sitzt eine, die könnte es sein, verglichen mit dem Foto in dem Karton ganz hinten auf unserem Dachboden.

- Unmöglich, ich schüttelte den Kopf. - Die andere hatte schulterlanges Haar damals und die hier Kurzhaarfrisur mit grauen Strähnen.

- Das macht nichts. So sind Frauen: mal kurz, mal lang, mal blond, mal schwarz, mal rot. Geh hin und frag, das ist das Beste.

Und sie war es tatsächlich, als ich fragte, das schwöre ich. Aber zu meiner Entschuldigung muss ich sagen, dass ich Personen nicht wiederkenne und gesichtsblind bin, wie es bei den Psychologen heißt. Ja, manchmal erkenne ich mich selbst nicht wieder, doch das ist eine andere Geschichte.

Jedenfalls haben wir uns umarmt, wie üblich Küsschen gegeben und alle zusammen bei uns am Tisch weiter Cocktail getrunken.

Unterhaltung? Da ist keine große Unterhaltung nach so langer Zeit, weil die Themen fehlten und weil wir Cica zuliebe auf Englisch umgeschaltet hatten. Irgendwie war es ein Krampf, unser Treffen.

Und meine Lieblingstapas vor mir auf dem Teller, die *Gambas al Ajillo*? Ich habe sie nicht gegessen.

Ich bin aufgestanden, vor die Tür gegangen, habe mir ganz langsam eine geraucht und dabei das Häusermeer betrachtet. Als ich wieder hineinging, stand Alicia auf, um zu gehen.

- Einen Moment noch!, sagte Cica und zückte ihre Kamera. - Stellt euch zusammen, ganz eng, enger, enger und *cheese*!

Das war's dann. Freundliches Nicken, Küsschen, Küsschen und Ende.

- *Nice to meet you*, und falls du nochmal in die Gegend kommst ..., immer anrufen. *Chau!*

- Und wie ist dein Eindruck?, wollte Cica später wissen.

- Schwer zu sagen, alles ziemlich überraschend, aber das Schlimmste war: Ich musste meine *Gambas* stehenlassen, kein Appetit.

- Eigentlich zu tourimäßig und zu heiß, dieses Kalifornien, meinte Cica, als wir wieder daheim am Rhein waren. - Ob du mir glaubst oder nicht: Ich habe Lust auf Kälte und Schnee. Warum fahren wir nicht auch mal Ski in den Alpen? Yves sagt, das ist großartig, es gibt nichts Schöneres.

- Yves ist Bretone, überlegte ich, - und die sind Aufschneider. Denk nur an die Riesenkrabben, die er angeblich immer fischt.

Ski fahren, das war für mich anfänglich undenkbar wie Fallschirmspringen oder Bungee-Jumping, aber ich gab nach, und so fuhren wir mit der ganzen Mannschaft in die verschneiten Tauern, wo wir uns mit Yves und den Seinen trafen. Es wurde ein schöner Urlaub, und da mir das Wedeln und die Kurzschwünge gefielen, haben wir Jahr für Jahr die gemeinsamen Skitrips nach Österreich wiederholt.

Dort oben lernten wir eines Tages im Lift auch Jorge kennen, einen Venezolaner aus Caracas. Wir kamen ins

Gespräch, und wie Südamerikaner nun einmal sind: Für ihn war Venezuela das großartigste Land der Erde mit seinen Tepui-Tafelbergen, dem Angel Fall, dem Meer und vor allem den Frauen.

- So etwas gibt es nicht noch einmal, meinte er. - Wisst ihr übrigens, dass Miss World immer wieder Venezolanerin ist? Aber auch Miss Earth, Miss America und die Miss Universe kommen aus Venezuela.

- Und wie steht es mit der Miss Altersheim?, wollte ich wissen.

Da guckte er säuerlich und stieg an der Mittelstation aus.

Venezuela

Immerhin hatte mich der Typ mit seinen Miss-Geschichten neugierig gemacht, und auch Yves begann zu überlegen.

- Glaube ich nicht, was der Typ erzählt, sagte er und schüttelte den Kopf, und ich meinte, wir sollten das überprüfen.

So beschlossen wir ganz spontan, Venezuela mit seinen hundert Tafelbergen zu besuchen, in der Hoffnung, da oben einer der zig Misses zu begegnen. Und da, wie bekannt, alle guten Dinge drei sind, lud ich Bert ein mitzukommen.

Die Luft war heiß und stickig, als wir in Caracas landeten, und die Hochhäuser abstoßend und hässlich. Und auch die *Favelas* an den Berghängen sahen nicht gerade einladend aus.

Der Taxifahrer, ein barscher und unfreundlicher Typ, brachte uns zu unserer Absteige in einem heruntergekommenen Viertel und tat empört, als ich ihm nur einen Dollar Trinkgeld gab. Egal: Das Zimmer war geräumig, sauber und mit einer Klimaanlage, die, eingeschaltet, die Wände erzittern ließ.

Wir duschten und machten uns auf den Weg in eines der Bürgerviertel, um zu schlendern, ein Glas Rum zu trinken und einige Einkäufe zu machen.

- Halt!, rief da die alte Hexe an der Rezeption, - um Himmelswillen bleiben Sie stehen! Sie wollen doch nicht etwa zu Fuß gehen? Und das bei Dunkelheit.

Nehmen Sie ein Taxi. Caracas ist gefährlich mit seinen fünfundzwanzigtausend Morden im Jahr.

Das sagte sie mit Stolz in der Stimme, so als gehe es um die Stufen vom Machu Picchu.

Das überzeugte uns, aber kein Taxi verlor sich in unsere Straße und die Nummer 555? Kein Empfang wegen irgendeines Defektes. So beschlossen wir auf Biegen und Brechen einen Fußmarsch zu wagen.

Marsch? Hatte ich Marsch gesagt? Es war eher ein Geländespiel da draußen zwischen den Trompetenbäumen: spähen, anschleichen, rennen wie ein Quarterback und dann wieder warten und Ausschau halten.

Irgendwie schafften wir es heil in eine belebte Geschäftsstraße und stießen auf eine Abteilung von Soldaten und Bereitschaftspolizei, alle maskiert und mit Maschinenpistolen im Anschlag: zu dritt vor der Bank, der Post, dem Kino und dem Restaurant, zu zweit vor dem *Supermercado* und dem Tabakladen.

Ja, das war schon ein Scheißgefühl, wo man auch ging, immer erwartete man den Ruf: Hände hoch, keine falsche Bewegung!

Zum Glück hatten wir uns richtig bewegt, denn wir mussten nicht ein einziges Mal die Hände heben und gelangten unbehelligt in ein Steakrestaurant mit Namen *El Lazo*.

- Warum so nervös, Männer?, fragte ein Mann mit schwarzer Augenklappe am Tisch neben uns. - Etwa wegen der Polizei?

- Etwas sehr martialisch alles, sagte Bert, - daran muss man sich erst gewöhnen.

- Genau, sagte er Mann. - Venezuela ist ein sicheres Land, das sicherste Land der Welt. Nehmen Sie mich: Ich wohne in einem schönen Hochhaus auf dem *Bulevar Sabana Grande*, natürlich streng bewacht der Eingang, der Fahrstuhl und alles. Und wenn ich ausgehen will, fahre ich runter in das Parkhaus, wo drei Mann mit MP stehen. Ich steige in meinen VW, fahre ins Büro und hinter mir immer ein Soldat auf dem Motorrad. Also, was soll passieren? Sagt selbst!

Vielleicht hatte er recht, jedenfalls schafften wir es noch, uns ein Taxi für den Heimweg und einen Mietwagen für den Ausflug zu den Tepuis zu organisieren. Und das Abendessen in *El Lazo*? *Divino*, wie sie in Venezuela sagen.

Am folgenden Morgen brachen wir auf zu den Tafelbergen, eine weite Strecke, wenn man sie in einem Mitsubishi und nicht in einer Caravelle zurücklegen muss. Du fährst auf guten Straßen, zahlst wenige Centavos für eine Tankfüllung, aber dann beginnt das große Abenteuer: Stinkende Mauleselkadaver am Straßenrand, unbekleidete, pockennarbige Kinder, die Faultiere und Papageien aus dem Regenwald feilbieten und immer wieder die *Alcabalas* auf der Autostraße.

Alcabalas? Was das war, erfuhr ich, als uns plötzlich mitten im Urwald eine Polizeikontrolle anhielt: drei Männer, uniformiert und mit Maschinenpistole, die unser Auto heranwinkten.

145

Wir stiegen aus und zeigten unsere Papiere, doch der Chef, ein Typ mit Schnurrbart, war mehr an meinen Wanderschuhen mit der dicken Sohle interessiert.

Was die kosteten?

- Unverkäuflich. Ich schüttelte den Kopf, während der Typ insistierte und stattdessen zwei lebende Hähnchen für den Grill bot. Wieder lehnte ich ab, aber dann sah ich hinter ihm einen Käfig und darin zwei Kapuzineräffchen.

Wie wäre es mit denen? Er nickte und wir tauschten: Zwei Äffchen gegen zwei Sportschuhe Marke Aristo.

- Bist du total verrückt?, meinte Yves. - Wie willst du die Viecher transportieren?

- Lass mich schon machen, sagte ich, - ich habe eine Idee.

Yves nörgelte weiter herum, doch dann kam der Schnurrbart noch einmal mit seinen Männern zurück.

- Was ich noch sagen wollte …, er nickte wichtigtuerisch, - Ich studiere jetzt Deutsch, eine sehr schwere Sprache.

- Dann sprich mal was!, meinte ich.

Der Typ schaute uns an, einen nach dem anderen, dachte nach und sagte bedeutungsvoll *Kornius*, worauf seine Kollegen laut loslachten. *Kornius* wiederholte er dann und schaute erwartungsvoll zu mir, zu Bert und zu Yves herüber. Was tun?

- Komm, dann lachen wir auch!, sagte ich, - das ist nie verkehrt. Das Glück kommt zu den Lachenden.

Und so lachten wir mit, immer lauter und lauter, und hielten uns den Bauch, denn ich war sicher:

Ohne Lachen hätten die drei ihre MPs genommen, uns abgeknallt und so die venezolanische Mordstatistik verändert.

Was das verdammte Wort *Kornius* bedeutete: Ich habe es nie erfahren. Gleich nach unserer Rückkehr bin ich in die Stadtbibliothek gegangen und habe bei Brockhaus, Meyer, Herder und Knaur nachgeschlagen. Ohne Erfolg.

Und wir lachten weiter, und lachend fuhren wir Richtung Orinoco. In der ersten Urwaldschneise hielt ich an.

- Nur einen Moment, Männer, ich muss noch was erledigen!

Und dann nahm ich den Käfig mit den zwei Äffchen und ließ die beiden im Wald frei. Wahnsinn, wie schnell die auf einer Jacaranda verschwunden waren!

- Macht´s gut, ihr beiden, habe ich noch gesagt, - und nehmt euch in Acht vor der Polizei!

Am späten Abend waren wir in *Ciudad Bolívar* und ich erzählte einem Kellner die *Alcabala*-Geschichte.

- Ja, ja, ja!, spottete der und wollte sich totlachen. - Von wegen Polizei! Gauner und Wegelagerer die ganze Bande, alles *Fake*. Lest ihr keine Zeitung? Im Übrigen …, er schaute auf meine Füße, - bloß nicht in Sandalen auf die Tepuis, um Himmelswillen! Die Wege sind schlecht und die Schlangen hungrig. Kauf dir vernünftige Wanderschuhe, Marke *Aristo*, zum Beispiel, die kann ich empfehlen, die nehme ich auch immer.

Wir fuhren dann hinunter in die Altstadt, überquerten die Angostura Brücke, sahen Kirchen, Paläste und Häuser aus der Kolonialzeit, aber keinen Schuhladen. Dafür gab es ein Reisebüro in der Nähe der Kathedrale.

- Also das Übliche wollen Sie: den *Angel*-Wasserfall und dann den *Roraima-Tepui*?, fragte die Inhaberin, eine Mischlingsschönheit mit langen Wimpern und noch längeren Ohrreifen.

- Exakt.

- Aber um hinzugelangen, brauchen Sie ein Charterflugzeug, das wissen Sie?

- Klar, sagte ich, - kann man in jedem Flyer lesen.

- Nun, sie überlegte, - wir haben da ein kleines Problem: Es ist Trockenzeit und es gibt kein Wasser da oben.

- Kein Wasser? Ich konnte es nicht glauben.

- Nichts, sie schüttelte den Kopf, - keinen einzigen Tropfen, aber wenn Sie zwei Wochen warten wollen …

Das wollten wir nicht, und so machten wir stattdessen eine Sightseeingtour zusammen mit einer Menge Chinesen und Japanern und fuhren zurück nach Caracas. In *El Lazo* trafen wir wieder den Mann mit der Augenklappe.

- Wie war's in Ciudad Bolívar?, wollte er wissen.

- Super, sagte ich, - alles gesehen: die Brücke, die Kathedrale, das Museum, die Altstadt und so weiter. Nur eins, da sage ich *Carajo!* Nämlich der Bürgermeister.

- Der Bürgermeister? Was war mit dem? Er verstand nicht.

- Nun, ich meine nicht die Person, ich meine seinen Namen. Er heißt *Figueroa, Lenin Figueroa*. Pfui Teufel! *Carajo!*

Und was die Misses aus Venezuela anbelangte: In der Tat hatten wir viele schöne Frauen gesehen, da hatte Jorge, der Mann aus dem Lift, recht gehabt. Aber Yves meinte, dafür müsse man nicht extra nach Venezuela fahren, sowas gebe es auch in der Bretagne, Brest oder Lorient zum Beispiel.

Die Familie, erstens

Wintersport, Schwarzmeerküste, Provence, Siena – es waren schöne Reisen mit den Kindern, Reisen, die wir genossen, weil sie die Familie zusammenbanden.

Aber nach einiger Zeit begann, wie befürchtet, der Ablösungsprozess. Töchterchen Beryl machte ihren eigenen Urlaub und eröffnete uns, bald heiraten zu wollen. Der Kandidat war Zoltán, ungarischer Medizinmann in Schottland, Argentinienfreak und Sprössling unserer Bridgefreunde. Besser konnte es nicht laufen.

Wir feierten eine nette Hochzeit in den schottischen Highlands, umgeben vom Grün der Wiesen, dem Gelb des Ginsters und dem Violett der *Munros*. Ein Jahr später wurde unsere erste Enkeltochter geboren, dann die zweite und schließlich der Enkelsohn. Alle drei waren hübsch und gesund und lachten freundlich, wenn sie uns zu Gesicht bekamen. Kein Wunder, dass wir immer wieder nach Schottland fuhren und bei Beryl und Zoltán ein und aus gingen.

Im verflixten siebten Jahr – wir hatten gerade alle zusammen einen netten Mexiko-Urlaub auf *Yucatán* hinter uns – war die Ehe im Eimer, und weder ich noch Cica konnten es voraussehen. Noch immer rätseln wir, woran es gelegen haben könnte. Unvereinbarkeit der Charaktere, sagte man, aber ich wüsste es gern genauer.

Egal, Beryl hat vor kurzem einen netten Engländer geheiratet, einen ehemaligen Offizier von *Her Majesty's Army*, Jäger und Fischer wie von Hemingway beschrieben.

Sie selbst leitet eine schottische Schule und geht auf in ihrem Beruf. Und ihre drei Zoltán-Kinder? Lieb und sehr anhänglich. Leider reicht es wegen Corona nur zu Facetime, aber das ist besser als gar nichts.

Bleibt noch unser Sohn Eric, Ex-Hallodri und Schürzenjäger wie im Großen Buch beschrieben. Alle ererbt, diese Macken, natürlich von seinem ungarischen Großvater, sagt seine Patin, und die muss es wissen.

Doch am Ende ist der Junge vernünftig geworden und ein liebevoller Kerl. Keine nächtlichen Suff-Fahrten ohne Führerschein, keine Rangeleien mit den Bullen vom Kommissariat II, stattdessen viele *Chukker* auf dem Polo-Platz hinten im Wald.

Dank seines Charmes, Witzes und seiner Cleverness macht er einen guten Job, hat geheiratet und uns zwei weitere wunderbare Enkelchen geschenkt. Wir würden sie gern jeden Tag knuddeln, aber Corona – *Fuck it!* – lässt das nicht zu.

Die Familie, zweitens

Vor einigen Jahren hatten auch die Eltern am Niederrhein Anker geworfen und Lübeck, wo sie allein lebten, aufgegeben. Auf Drängen von Schwester Birgit waren sie in die Nähe gezogen, zuerst in eine Wohnung, später in ein nettes Pflegeheim.

Eine gute Entscheidung, glaube ich. Birgit hat sich rührend um die beiden gekümmert, und fast jeden Freitag bin ich von Düsseldorf hinübergefahren und habe für Abwechslung gesorgt.

Papá (ich nenne ihn schon lange nicht mehr *den Alten*) war mit seinen achtzig Jahren noch gut drauf, wohingegen Mamá – zwar sieben Jahre jünger – aber seit ihrem Schlaganfall vor zwanzig Jahren linksseitig gelähmt war. Bei längeren Spaziergängen pflegte sie sich rechts einzuhaken, um durchzuhalten, oder sie ruhte sich zwischendurch auch schon mal auf einer Sitzbank aus.

An einem kalten Dezembernachmittag war ich wieder einmal zu einer Akademievorlesung in Krefeld und hatte ganz spontan beschlossen, danach den Eltern in ihrem Heim Hallo zu sagen.

Papá saß am Fernseher und schaute eine Sportsendung, und Mamá? Unten im Gemeinschaftsraum, hörte ich. Aber da war sie nicht, auch im Waschraum nicht, und auch der Pförtner an der Eingangskontrolle hob die Schultern, aber heute Mittag hätte er sie gesehen, wie sie zusammen mit Papá in die Stadt gegangen sei.

Und Papá?

Nur langsam erinnerte er sich wieder an den Spaziergang, und vielleicht hätte er sie unterwegs verloren, könnte schon sein.

Also auf zur Vermisstensuche! Eigentlich nicht schwer, denn es war immer derselbe Weg, den die beiden gingen: Über den Weihnachtsmarkt, durch die Passage, dann ein paar Schaufenster gucken, eine Tasse Kaffee bei Tchibo im Stehen und wieder zurück.

Auf dem Weihnachtsmarkt viel Rummel wie jedes Jahr: *Jingle Bells, Santa Claus,* Kinderkarussells und eine Menge Glühwein, ganz heiß, denn es war kalt und hatte angefangen zu schneien. Ganz am Rande des Marktes eine Bank, und darauf eine Figur, regungslos und eingeschneit bis über den Kopf: Mamá. Schweigend und geduldig hatte sie ausgeharrt, länger als vier Stunden mussten es gewesen sein, und ebenso schweigend war sie aufgestanden, hatte meinen Arm genommen und sich in das Heim zurückführen lassen.

Beide Eltern haben zusammen noch ein paar schöne Jahre gehabt. Dann ist Papá achtundachtzigjährig eingeschlafen. Mamá hat ihn sieben Jahre überlebt, aber sie hat nie mitbekommen, dass sie Witwe geworden war.

Was meine Schwestern anbetrifft? Karin ist vor sechzig Jahren in Neumünster hängengeblieben, und ich bin sicher, da wird sie auch bleiben.

Und nun zu dir, Birgitchen!

Das Schicksal hat grausam zugeschlagen und dich aus dem Leben gerissen, völlig unerwartet, denn du warst nicht einmal sechzig und hättest noch so gerne gelebt. So verfluche ich jeden Tag diesen elenden Krebs, das Einzige, was ich tun kann.

Ansonsten ist die Familie intakt – Corona hin, Corona her – und wir genießen jeden Tag aufs Neue.

Alte Freunde

Und meine Freunde und Amigos? Die von damals, meine ich.

Alberto, der Älteste, ist kürzlich in Buenos Aires verstorben. Herzschwäche, ganz klar. In den letzten Jahren hatte er ziemlich übertrieben mit seinem Seniorensport.

Dann hat uns auch Fred verlassen, gerade einmal 73 Jahre alt.

- Die Lunge, zu viel geraucht, meint Almuth, seine Witwe, aber ich glaube, es war sein Herz, das war gebrochen, und daran war sie nicht ganz unschuldig. Traurig, denn bei seiner Beisetzung ist außer mir niemand von der Universität dagewesen, kein Schwanz, ich schwöre es, und dabei hatte er sich jahrelang Abend für Abend für den Laden abgerackert.

Etwas später hat es den liebenswerten, verrückten Béla in Kecskemét erwischt: Schlaganfall oder sowas in der Richtung, einen Tag vor seinem 71. Geburtstag. Warum nur hatte ich ihn ein ganzes Jahr lang nicht angerufen?

Kálmán

Aber du, mein lieber, alter Kálmán, du bist mir geblieben. Immer warst du der Älteste von uns allen, ungemein großzügig und charakterfest.

Wie gern hätte ich dich wieder einmal umarmt und mit dir gelacht, aber es sollte nicht sein.

Seitdem du im Rollstuhl saßt, haben sie dich mir nichts, dir nichts abgeschoben, in ein Pflegeheim an der Schweizer Grenze.

Ist ja nur vorübergehend, hatten sie gesagt, ein paar Tage nur, bis wir eine Pflegerin für zu Hause haben, aber jetzt ist es schon ein halbes Jahr her, und keine Sau ist gekommen.

Nun sitzt du da in deinem Bau und langweilst dich zu Tode. Kein Kontakt zu den anderen, weil sie schon alle mit dem Kopf wackeln und vielleicht das verdammte Virus in sich tragen. Wenn du wenigstens vernünftig fernsehen könntest, um dich abzulenken! Aber mit diesem alten finnischen Glotzkasten empfängt man nur einen Schwyzer Sender, dessen Dütsch man nicht versteht, und dabei hast du immer so gern diese deutsche Tanzshow gesehen mit den halbnackten Mädels.

Ein anderes Gerät? Muss nicht sein, ist ja nur vorübergehend, hieß es immer wieder, aber ich sage: Alles Verarsche, ganz einfach Verarsche.

Und das hast du nicht verdient, *kedves barátom*, keiner hat verdient, dass sie ihn verarschen. Doch was willst du machen in deinem verdammten Rollstuhl?

Egal, so werde ich eben vorbeikommen, und Cica soll nicht jammern, dass siebenhundert Kilometer zu weit sind, denn ohne dich als Ehestifter wäre alles anders gelaufen: Ich hätte ein Mädchen aus Posemuckel geheiratet und sie einen Kerl aus *Székesfehérvár*. Und Beryl und Eric und die Enkelchen? Gäbe es nicht, gar nicht auszudenken, was alles anders wäre.

Und darum werde ich dich auf alle Fälle besuchen, Kálmán, und lasse mich nicht zurückhalten. Außerdem ist das eine wunderbare Strecke dahin.

Haben wir früher ja mit der ganzen Familie einschließlich Katze gemacht, um bei dir die alemannische Fastnacht zu feiern.

Ja, ich bin tatsächlich gefahren, und dabei wollte ich auch mein neues Navi ausprobieren, denn es sollte mir nicht so ergehen wie dieser belgischen Oma. Haben Sie nicht im Internet gelesen? Die Arme wollte mal eben von Lüttich nach Brüssel und mit ihrer Freundin *een kopje koffie drinken*. Und wo landete sie? Nach Zagreb wurde sie von ihrem Navi geschickt, genau: Zagreb in Kroatien, circa tausendvierhundert Kilomete, ein Umweg, bei dem der *koffie* in Brüssel mit Sicherheit kalt geworden ist.

Gott sei Dank liegt Säckingen am Rhein und nicht an der Save, die beiden kann man ja gar nicht verwechseln, und so bin ich in der Tat richtig angekommen, zuerst bei der Ortstafel und dann bei dem großen Hinweisschild für das Seniorenheim: zwei lustige Alte, munter mit dem Krückstock in der Hand auf einem Spaziergang.

Zuerst klingeln an der Eingangstür, wie es sich gehört ganz kurz, um keinen zu erschrecken, und da erscheint auch schon so ein Dragoner mit bösem Blick und weißem Häubchen.

- Sie wünschen, bitte?

- Grüß Gott! Zu Herrn Szabó, bittschön, wenn's beliebt.

- Sieh da, schon wieder einer, der den Aushang nicht gelesen hat!

Und sie deutet auf das Fenster, wo was von Corona und Besuchsverbot steht.

- Bedaure, habe ich nicht gelesen. Aber ich bin sein bester Freund, ich habe ihn zehn Jahre lang nicht gesehen und bin extra siebenhundert Kilometer angereist.

- Tut mir leid, Sie können nicht, auch wenn Sie ihn hundert Jahre nicht gesehen hätten, wenn Sie sein Zwillingsbruder wären und extra vom Mond angereist.

Sie geht, aber sie dreht sich noch einmal um.

- Übrigens, mir fällt ein, wir haben ihn gestern Abend nach Hause entlassen, Sie wissen ja, wo er wohnt.

Klar, dass ich das weiß: Zurück bis zum Verteiler, danach siebenunddreißig Kilometer auf der Landstraße, über die Brücke und ein kleines Stück am Fluss entlang. Wie oft bin ich hier entlanggefahren! Aber zur Sicherheit werde ich jetzt vor dem Besuch anrufen. Man kann ja nie wissen.

Ich wähle, und Lina, sein Weib, ist sofort dran.

- Ach, du, sagt sie und überlegt. - Schade, du kannst ihn nicht sehen. Letzte Nacht ist er eingeschlafen, dein Freund, ganz friedlich, und er hat nicht gelitten.

Und dann hat sie auch schon aufgelegt, einfach so, und ich war wie immer zu spät.

Coy

Welch kaltschnäuziges Weibstück, denke ich. Hol sie der Teufel! Doch wie das Leben so spielt: Wenn ein Unglück kommt, dann immer im Doppelpack. Wie üblich rufe ich den alten Coy an.

Seit seine zweite Ehefrau vor einigen Jahren verstorben ist, wohnt er allein in seinem Haus oben auf einem Berg bei Koblenz, und ich muss mit ihm das tägliche Fernsehprogramm besprechen, denn bis auf seinen Rollator hat er ja sonst niemanden.

Aber der Junge nimmt nicht auf, was ungewöhnlich ist. Und weil mir Schlimmes schwant, setze ich mich spontan ins Auto und fahre zu ihm, dorthin, wo Rhein und Mosel zusammenfließen. Die Strecke kenne ich im Schlaf, denn ich bin oft bei ihm gewesen, doch nicht so oft, wie er es wohl gerne gehabt hätte.

Mit dem Zweitschlüssel öffne ich die Wohnungstür, und da liegt er zu meinen Füßen: Mein alter Kumpel, Banknachbar, Mitbewohner, Studienkollege und Reisebegleiter.

Und neben ihm liegt so ein rotes Armband mit einem gelben Knopf, den er nicht mehr hat drücken können. Aber ich drücke, und bald darauf erscheinen eine Ärztin und zwei Bestatter, um ihn mitzunehmen in ihrem schwarzen Auto mit den Gardinen vor den Fenstern.

Und jetzt bin ich allein in seinem Haus, so allein, wie er zuletzt immer gewesen ist. In der Küche noch das benutzte Frühstücksgeschirr mit dem leeren Eierbecher, die Obstschale, der Kaffeeautomat und der Brotkorb.

Auch das Wohnzimmer wirkt, als würde er sogleich wiedererscheinen: die Musikanlage auf *on* und in der Ablage eine leere CD-Hülle mit Guter-Laune-Musik. Und dann ruft auch schon Herr Lau an, der Trauerredner.

- Sie waren befreundet und kennen sich schon lange?, fragt er.

- Seit meiner Schulzeit in Lübeck, sage ich, - fast siebzig Jahre. Vorher war er mit seiner Familie vor den Russen aus Danzig geflüchtet. Dabei hat er seinen Vater und seine drei Geschwister verloren, seine Mutter konnte sich nach Lübeck retten, aber Coy ist in einem polnischen Kinderlager gelandet. Dort hat ihn das Rote Kreuz nach einem Jahr wiedergefunden und seiner Mutter zurückgegeben.

- Und dann?, will Herr Lau wissen.

- Nun ja, wir haben zusammen Abitur gemacht, zusammen in Hamburg, Wien und Saarbrücken studiert, zusammen im Studentenheim gewohnt und Trampfahrten nach Italien, Frankreich, Skandinavien und Spanien gemacht, alles immer zusammen, und zusammen haben wir in Andalusien auch prompt unsere Unschuld verloren, bei derselben Dame, der schönen Leila, und im selben …

- Halt!, unterbricht mich Herr Lau, - ich meine, das muss nicht unbedingt hinein in eine Trauerrede. Besser seine Hobbys, Leidenschaften, Liebhabereien und diese Dinge.

- Hm, schwer zu sagen. Ein bescheidener Mensch, seine Freunde waren die Füchse im Wald. Gern aß er beim Italiener, und wenn es seine kaputten Knie erlaubten, zwängte er sich in sein olles Auto und fuhr an der Mosel spazieren. Aber das ist schon lange her.

Später habe ich noch Coys sechs Arbeitskollegen benachrichtigt, eine Anzeige geschaltet, und eine Woche später war die Trauerfeier auf dem kleinen Bergfriedhof. Er bietet einen schönen Ausblick, für den Besucher meine ich, dem armen Coy dürfte es egal sein, wo er ruht.

Herr Lau ließ bedeutungsvoll und in gesetzter Form Coys Leben Revue passieren, während IZ, dieser hundertsechzig-Kilo-Mann aus Hawaii, im Laptop leise das Rainbow-Lied sang. Am Ende ein gemeinsames Vaterunser, eine Handvoll Erde von den Trauergästen und die Urnenbeisetzung im Grab neben seiner verstorbenen Ehefrau.

- Ruhe in Frieden, alter Junge, konnte ich noch sagen, - und Dank für deine Freundschaft!

Und dann bin ich heimgefahren, traurig, weil ich ihn nicht öfter besucht hatte, und mir wurde klar: Es war die Einsamkeit, die ihn sterben ließ, zwar keine von hundert Jahren, aber fünfzehn, die waren auch genug.

Die Glorreichen Vier

Aber ihr Glorreichen Vier seid mir geblieben: Yves, der Bretone, John, der Tropenmediziner, Bert, mein Anden-Copilot, und *Le Cocu*. Erinnert ihr euch noch, dass ich euch neulich angerufen habe, um was zu organisieren?

Aber Yves war wieder einmal zum Hummerfischen in der Bretagne, John war Großvater geworden, Bert hatte sich den Fuß gebrochen und *Le Cocu* hatte sich nach seiner Scheidung irgendwo in der argentinischen Provinz verkrochen und jammerte über sein schmerzendes Kniegelenk.

- *Que mierda!,* fluchte er, - kein Golfen mit den Kumpels, ich vereinsame total.

- Versteh ich nicht, sagte ich, - ist doch nur ein Witz euer Geholze, darum scheiß drauf! Mit achtzig plus such dir andere Hobbys! Welche, willst du wissen? Lies nach bei Gabo (für Banausen: *García Márquez*), der sagt es dir. Und keine Angst! Die Damen sind nachsichtig, das weiß ich aus eigener Erfahrung. Und was ich partout nicht verstehe, *Pendejo:* Wenn du allein bist, warum, Blödmann!, besuchst du nicht deine Tochter Marcela und deine Enkel? Wohnen gleich um die Ecke, doch du sitzt zu Hause und überlegst, wie man auf dem Golfplatz einen *Birdie* oder *Eagle* macht. Nicht zu glauben!

Und weil die Verbindung so schlecht war, rufe ich nochmal an, Samstagnachmittag, kurz vor drei argentinischer Zeit.

- Bist du krank, *Amigazo*?, flachse ich.

- Noch nie im Leben bist du so früh aufgestanden wie heute.

- Keine Krankheit, sei beruhigt, meint er, - aber mein Kühlschrank ist leer, absolut. Kein Wein, kein Brot, kein Käse und keine Oliven. Seitdem sie Corona-Ausgangssperre haben, geht Einkaufen im *Supermercado* nur bis drei Uhr, und da bleiben mir noch genau siebzehn Minuten. Also *Chau*, ich muss mich sputen.

Ob er es geschafft hat in der kurzen Zeit? Ich werde ihn fragen bei meinem nächsten Anruf. Versprochen! Und vielleicht hat er ja Interessantes mitzuteilen. Bei ihm kann man nie wissen.

- In deinem Viererclub hast du Alicia vergessen, meint Cica.

- Mag sein, sag ich, - aber welchen Sinn hätte es jetzt noch, nach fünfzig Jahren?

- Sinn? Immerhin telefoniert ihr noch manchmal und wir haben uns damals bei unserem letzten Kalifornien-Trip mit ihr getroffen.

- Okay, sage ich, - dann wären es eben fünf, aber fünf ist keine gute Zahl, vier ist besser.

Neue Freunde

Neue Freunde? Gibt es auch in Düsseldorf und Umgebung. Nicht mehr so viele wie früher, dafür aber nette.

Nehmen wir nur János, den Mann am Fagott, den, mit dem wir häufig Bridge spielen. Er hat bei Buda eine Wohnung gekauft, und weil er sie renoviert, muss er jede Woche im Auto nach Ungarn fahren, um zu sehen, was Sache ist.

Aber was, zum Teufel, heißt hier Sache? Böse Zungen lästern, da stecke etwas anderes dahinter und machen blöde Andeutungen. Sollen sie ruhig! So sind sie eben, die Magyaren! Man darf es ihnen nicht übelnehmen.

Von Erzsébeth, der anderen Bridgepartnerin, habe ich schon erzählt. Das ist die, die dem armen Jo eine ungarische Frau zuführen wollte. Wir kennen uns seit Ewigkeiten und telefonieren oft miteinander. Außerdem kocht sie eine exzellente Gulaschsuppe.

Und dann gibt es noch Tina, meine Nachbarin und Vertraute. Sie hat unseren Haustürschlüssel, und ich habe den Ihren, was nützlich ist, wenn man sich mal ausgesperrt hat.

Aber das hat auch seine Nachteile. Eines Nachts – ich träume gerade von der blonden Apothekerin in …, – klingelt es an meiner Haustür. Ich aus dem Bett und hin zum Fenster.

- Ich bin's, sagt Tina. - Ich habe meinen Scheißschlüssel verloren, kannst du mich reinlassen?

- Um halb drei, bist du verrückt?, will ich sagen, aber dann habe ich eine bessere Idee.

- Okay, ich lass dich rein, sage ich, - aber das kostet.

- Wieviel?, will sie wissen.

- Eine Flasche Rotwein, Château Cheval Noir, sage ich.

- Kein Problem, meint sie.

- Kostet aber fünfunddreißig Euro die Flasche.

- Ist egal.

Und so habe ich ihren Schlüssel hinuntergeworfen und mich wieder hingelegt, aber die blonde Apothekerin ist nicht zurückgekommen. Schade! Sie war sehr hübsch. Cica hat wie immer nichts mitgekriegt. Sie hat einen tiefen Schlaf.

Auch mit Jü, einem meiner ehemaligen Studenten, treffe ich mich von Zeit zu Zeit. Wir tauschen uns aus über Gott und die Welt, und wenn ich Lesungen veranstalte, ist er dabei und moderiert. Das macht er großartig.

- Sonderbar, so ganz ohne Argentinier!, sagt Eric. - Weißt du, ich habe da einen entdeckt, der würde genau in dein Raster passen: *Porteño*, Tangoliebhaber, und er wohnt ganz nahe, gleich um die Ecke. Komisch, dass ihr nicht öfter bei einem Mate zusammenhockt und quatscht!

- *Porteño*, du meinst doch nicht etwa Quique, sage ich, - Quique de la Vega, den argentinischen Maler.

Um Himmels Willen! Vollkommen germanisiert der Junge, seit er hier wohnt. Kein Mate, kein *Asado*, keine La Plata-Amigos, und eine Frau, die hat ihn eingedeutscht. Fehlt nur noch, dass er Bayrisch spricht, einen Trachtenjanker trägt und einen Seppelhut mit Gamsbart! Nur hin und wieder kommt der *Porteño* durch, dann sitzt er im Mondschein auf seiner Terrasse und singt *Mi Noche triste*.

- Und das passiert oft?

- Einmal im Jahr.

- Einmal im Jahr, das ist zu wenig für einen Mate, meint Eric. - Dann reicht eine Einladung zum Geburtstag, aber nur die runden.

Schließlich wohnt auch noch *Carlos* aus Montevideo in der Nachbarschaft. Er ist ein lieber Kerl und ein großartiger Hornist, und Klavier spielen kann er auch und singen wie Gardel. Bei meinen Lesungen ist er häufig dabei, und wenn er in Stimmung ist, begleitet er mich auf der Gitarre.

EPILOG

Ein aufregendes Leben, meint meine Freundin Nati, - abenteuerlich und viele Episoden. Natürlich Episoden, sage ich, so sollte es sein.

- Und wozu die vielen Reisen?

- Frag Goethe, Heine, Fontane, Greene und die anderen! Bei mir war es die Suche nach Freiheit und meine Neugier, besonders auf Italien. Damit hatte alles angefangen in den Fünfzigern: *O Sole Mio, Ciao-Ciao Bambina, Volare* und diese Sachen. Kein Mensch reiste damals ins Ausland, bis wir Bündischen den Anfang gemacht haben. Dazu kam die Lust auf Abenteuer und – nun werde ich philosophisch – die Suche nach mir selbst.

- Aber immer trampen und Autostopp?

- Nicht immer, sage ich, irgendwann Mietwagen. *Hitchhiking* auf dem *Camino de la Muerte* oder zum *Paso de Agua Negra* war etwas umständlich, um es mal so zu sagen.

- Verstehe, und jetzt deine Lebensbeichte: Wie sieht es aus mit Fehlern und Reue?

- Fehler ..., ich überlege, da waren viele, und das ist gut. Nur wer nichts macht, macht auch keine Fehler. Und die Reue? Sie kommt immer Hand in Hand mit dem Verstand und dem Gewissen. Reue habe ich empfunden, da hatte ich in der Pampa einen Geier abgeknallt, grundlos, mal eben so. Das war vor fünfzig Jahren, aber noch heute quält mich mein Gewissen.

- Fünfzig Jahre, sagt Nati, - das ist lange her, *ego te absolvo!*

Und jetzt mein Fragebogen. Was ist Heimat für dich?

> Der Ort, an dem ich gerne bin. Kann auch in mir selbst liegen.

Was ist dir wichtig im Leben?

> Naturschutz, Umweltschutz und Tierschutz.

Wofür lässt du alles stehen und liegen?

> Für eine schöne Frau, die gerade um die Ecke kommt.

Welches Ereignis war das wichtigste für die Welt?

> Die Aufklärung.

Was möchtest du verändern?

> Das Denken der Strohköpfe und Apparatschiks.

Woran glaubst du?

> An den Fortschritt.

Dein Lieblingsbuch?

> *The long Good-Bye* von Chandler.

Dein Lieblingsfilm?

> *The Fabulous Baker Boys* mit Jeff Bridges und Michelle Pfeiffer.

Welche Musik magst du?

> Jazz von Brad Mehldau und Klassik von Dvorak.

Und der Tod?

> Der Tod? Wenn er kommt, ist Sense.

Und da sitze ich nun und sinniere, vor mir ein Sack voller Fehler und Missetaten. Nachher werde ich durch die Auen radeln, Walnüsse sammeln, ein paar Takte schreiben und dann spielen: *Take Five* am Klavier und *Drei Sans Atout* am Bridgetisch – mit Maske, wie es sich in dieser verrückten Zeit gehört.

Ich bin Familienmensch geworden, liebe meine Frau und Kinder und bin verrückt nach dem *Facetiming* mit den Enkeln. Der da oben hat es verdammt gut mit mir gemeint.

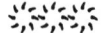

GLOSSAR

Alberta	Prärie-Provinz in Westkanada
Alcabala	Venezol. Polizeikontrolle
Amigazo	Span.: guter Freund
Anche io	Ital.: ich auch
Asado	Span. Grillfest
Auld lang syme	Schott. Abschieds lied
Au secours!	Frz.: Hilfe!
Avenida de Mayo	Allee in Buenos Aires
ÁVO	Ungar. Geheimdienst (Stasi)
Bella ciao	Ital. Partisanenlied
Boca, la	Tango-Stadtteil in Buenos Aires
Bocsánat!	Ungar.: Entschuldigung!
Bonbonera, la	Stadion der Boca Juniors
Bougnoule	Frz.: Nordafrikaner (Schimpfwort)
Buongiorno trist.	Ital. Lied (1955)
Brigate Rosse	Ital. Rote Brigaden
Caipirinha	Brasil. Cocktail
Cabrón	Span.: Hurensohn, Scheißkerl
Camino de la M.	Span.: Straße des Todes
Carajo	Span.: Scheiße
Chukker	Spieleinheit beim Polo (7½ Min.)

Cica	Ungar. Kosewort, Kätzchen
Cio-Cio San	Tragische Heldin in Mme. Butterfly
Clausurato	Ital.: geschlossen
Cocu, le	Frz.: Der Gehörnte (Brassens Song)
Combattenti antif.	Antifaschist. Widerstandskämpfer
Cuadra	Arg. Längenmaß (129,9 m)
Cumparsita, la	Berühmter Tango aus Uruguay
Divino	Span.: göttlich
Discépolo, E. S.	Arg. Komponist
Egészségedre!	Ungar.: Auf deine Gesundheit!
Esquel	Stadt in argentinisch Patagonien
Faszfej!	Ungar.: Arschgesicht
Favela	Südamerik. Elendsviertel
Fene egye meg!	Ungar.: Verdammt!
Fjäll, Fjell, Fjall	Skandinav.: Hochebene
Gambas al ajillo	Span.: Garnelen in Knoblauchöl
García Márquez	Kolumbian. Autor (Nobelpreis)
Generalife	Sommerpalast in der Alhambra
Guardia Civil	Span. Militärpolizei
Györ	Ungar. Stadt (Raab)
Hahne-Hoonbeer	Wintersend-Fest in Dithmarschen
Hegyeshalom	Ungar. Grenzstadt
Hold up	Engl.: Überfall

Hostal	Span.: billiges Hotel
Huaca, Wak'a	Gottheiten der Andenkultur
Isla del Sol	Span.: Sonneninsel
Jokkmokk	Schwed. Ort am Polarkreis
Kedves barátom	Ungar.: lieber Freund
Lángos	Ungar. Fladenbrot
Lazo	Span.: Lasso
Mapuche	Indigenes Volk Südamerikas
Marechiaro	Neapolitan. Serenade
Marha pörkölt	Ungar. Rindsgulasch
Marisol	Span. Name: Meer und Sonne
Matador	Stierkämpfer (der Schlächter)
Mi noche triste	Meine traurige Nacht (Tango)
Mor	Skandin.: Mutter
Mucama	Span.: Dienstmädchen
Muela	Span.: Backenzahn
Olor de mierda	Span.: Scheißgestank
Pachamama	Quechua: Mutter Erde
Pálinka	Ungar. Obstbrand
Partigiano	Ital. Partisan
Paso de Agua N.	Chil.-argent. Andenpass (4.750 m)
Patio	Innenhof in Spanien und Portugal
Pendejo	Span.: Junge

Pinamar	Badeort in Ostargentinien
Pisco Sour	Traubenbrand-Cocktail
Plat	Frz.: Gericht, Speise
Porteño	Bewohner von Buenos Aires
Pousada	Portug.: Herberge, Pension
Quechua	Indigene Volksgruppe der Anden
Qué loco!	Span.: Was für ein Verrückter!
San Telmo	Stadtteil von Buenos Aires
Scusate, scusi!	Ital.: Entschuldigung!
Sorella	Ital.: Schwester
Soroche	Span.: Höhenkrankheit
Tannat	Rotweinsorte aus Uruguay
Tantouse	Frz.: Schwuchtel
Tapas	Span.: Appetithäppchen
Tata	Stadt in Ungarn
Teniente	Span.: Leutnant
Tepui	Tafelberg in Venezuela
Visegrád	Ungar. Stadt an der Donau
Volare	Lied von Modugno (Nel blu)
Yucatán	Mexikan. Halbinsel
Yungas-Straße	Vgl. oben Camino de la Muerte

Wilfredo Lange

Gracielas Hintern

Bordellromanzen und lasterhafte Erzählungen aus einem Land unter dem Haar der Berenike

Und das soll schon alles gewesen sein! Fred B. Nielsen, Hamburger Professor, zieht Bilanz und fliegt zurück an den La Plata, auf der Suche nach seinen verlorenen Träumen. Er trifft sie wieder: alte Freunde und vergangene Lieben, aber auch kleine Huren und liebenswürdige Flittchen, mit denen die große Stadt reich gesegnet ist. Am Ende muss er feststellen: Alles fließt, nichts bleibt.

Erotische Geschichten über Liebe, Sex und Tod.

„Spannende, nostalgiegeprägte Skizzen, Flucht vor der Rundumsicherheit der Zivilisation, ein Reiz, dem sich der Leser nicht entziehen kann."

Rheinische Post, Düsseldorf

Shaker Media

ISBN 978-3-86858-322-9

139 Seiten, Paperback

12,90 Euro

Wilfredo Lange

Graciela nimmt Maß

Wollust und Tod unter dem Sternbild des

Schlangenträgers

Ist Graciela ein Flittchen? Klar, dass sie das ist – und was für eins! Und ihr Chef Fredo ein Puttaniere, ein Hurenbock, wie Angeletta Venturinis Mann gemeint hat.

Könnte man denken. Bleibt noch Erico, der mit einer durchgeladenen CZ 75, Kal. 9 mm Luger, in seiner Parka durch die Hafenkneipen von Puerto Montt zieht.

Ein Mörder? Man wird sehen – quien vivirá, verá. Denn der menschenfreundliche Schlangenträger Äskulap schützt uns alle vor dem Biss der Schlangenfrauen.

Shaker Media

ISBN 978-3-86858-571-1

131 Seiten, Paperback

12,90 Euro

Wilfredo Lange

El Cóndor Pasa
Patagonische Erzählungen

Kann Jón fliegen, einfach so, mit ausgebreiteten Armen, hinweg über die Gipfel der Anden? Blasen die Mapuche Trompete, wenn sie frühmorgens im Fluss baden? Wie kopuliert man in der Raumkapsel eines japanischen Love-Hotels? Warum hetzt Fredo S. Gibbonaffen über die Dächer von Buenos Aires, prügelt sich mit Zuhältern und pilgert nach Canossa? Fragen über Fragen, metaphysisch wie die Theodizee.

Ungewöhnliche Menschen: Abenteurer, Lumpen und Spieler – tragische Existenzen unserer Gesellschaft in ihrem Leben zwischen Traum und Wirklichkeit.

Von leichter Hand geschriebene Geschichten, sarkastisch, trocken und mokant.

Shaker Media

ISBN 978-3-86858-632-9

109 Seiten, Paperback,

12,90 Euro

Wilfredo Lange

Gesang in den Maisfeldern von Eddyville
Lasterhafte, verrückte Erzählungen

Das Schicksal hat einen langen Atem, Melody einen längeren. Seit fünfzig Jahren verfolgt sie den Erzeuger ihres Kindes um die halbe Welt. Ob sie ihn findet? Warten wir ab! Eddyville und andere Boy-meets-Girl-Geschichten, in denen es nicht beim Händchenhalten bleibt, Geschichten aus New York, Los Angeles, Budapest, Düsseldorf, Cochabamba, Rio und den schottischen Highlands. Abenteurer in ihrem Leben zwischen Traum und Wirklichkeit.

Von leichter Hand geschriebene Storys, sarkastisch, trocken, mokant und ziemlich frivol, faszinierend mit ihren überraschenden Wendungen.

Shaker Media

ISBN 978-3-86858-997-9

124 Seiten, Paperback

12,90 Euro

Wilfredo Lange

Mit fremden Teufeln tanzen
Malbec in Mendoza und andere Erzählungen

Ein Mord unter einem Windrad gleich um die Ecke und der teuflische Showdown in den Anden, ein Selbstmörder auf dem Kavanagh-Hochhaus am La Plata vor dem Absprung, ein Grenztruppenoberst mit seiner Makarow im Holster, ein traumatisierter Algerienkämpfer in der Einsamkeit der Taiga, ein Ringkampf mit einem Riesenweib aus der Berghöhle, und andere Erzählungen aus zwei Kontinenten.

Ungewöhnliche Menschen, tragische Existenzen unserer Gesellschaft in ihrem Leben zwischen Traum und Wirklichkeit.

Verlag Monsenstein und Vannerdat, Edition Octopus

ISBN 978-3-95645-511-7

131 Seiten, Paperback

11,50 Euro

Wilfredo Lange

Der Mentsch tracht und Got lacht
Eine Roadstory

„Liebe ein Mädchen, du wirst es bereuen, liebe sie nicht, du wirst es auch bereuen." W. kennt die Kierkegaard-Sentenz und fürchtet die Reue. Gleichwohl liebt er eine Terroristin (pikanterweise in einer Hängematte), verliert sie in den Wirren des Bürgerkriegs am La Plata und begibt sich auf die Suche nach ihr. Guerilla, Terror und schmutziger Krieg in Südamerika, dazu eine abenteuerliche Love- und Road-Story von den Anden bis in die Bretagne.

Edition Octopus im Verlagshaus Monsenstein und Vannerdat

ISBN 978-3-95645-813-2 (Paperback)

ISBN 978-3-95645-830-9 (Hardcover)

176 Seiten

13,10 Euro (Paperback)

18,00 Euro (Hardcover)

Wilfredo Lange

Rückwärtsläufer

oder

Die Kunst, einen Morro zu besteigen

Erzählungen

Ein Mann auf der Suche nach der verlassenen Geliebten, der verschwundenen Tochter und einem blonden Engel in Südamerika, einer abenteuerlichen Fahrt durch Pampa und Wüsten bis zu dem geheimnisvollen Morro Rock, dem Riesenfelsen im chilenischen Ozean am Fuße der Anden.

Erzählungen von ungewöhnlichen Menschen, tragischen Existenzen unserer Gesellschaft in ihren Leben zwischen Traum und Wirklichkeit.

BoD-Books on Demand GmbH

ISBN 978-3-7460-8982-9

104 Seiten, Paperback

8,90 Euro

Wilfredo Lange

Bart ab

Zwei nach der Geburt getrennte Brüder finden sich wieder und begeben sich auf die Suche nach ihren Eltern. Werden sie Erfolg haben? Qui vivra, verra. Ein abenteuerlicher Trip über Hamburg, Wien, Buenos Aires und Bariloche bis nach Arica und eine Story mit überraschenden Wendungen.

BoD-Books on Demand GmbH,

ISBN 978-3-7494-9323-4

127 Seiten, Paperback

8,90 Euro